तारापथ

तारापथ का यह परिवर्द्धित संस्करण
पन्तजी के समग्र काव्य-साहित्य
का प्रतिनिधित्व करता है।
'**वीणा**' से लेकर अधुनातन कृति '**संक्रान्ति**' तक के
काव्य-संग्रहों से उनकी रचनाओं का सुरुचि-
पूर्ण चयन इसमें प्रस्तुत किया गया है।

कवि श्री पन्त जी की सर्वश्रेष्ठ कविताओं का नूतन संग्रह

तारापथ

श्री सुमित्रानन्दन पन्त

लोकभारती प्रकाशन

पहली मंजिल, दरबारी बिल्डिंग, महात्मा गाँधी मार्ग, इलाहाबाद-1

लोकभारती प्रकाशन
पहली मंजिल, दरबारी बिल्डिंग, महात्मा गांधी मार्ग
प्रयागराज-211 001

वेबसाइट : www.lokbhartiprakashan.com
ईमेल : info@lokbhartiprakashan.com

शाखाएँ : 1-बी, नेताजी सुभाष मार्ग, दरियागंज
नई दिल्ली-110 002
अशोक राजपथ, साइंस कॉलेज के सामने
पटना-800 006
1, अनमोल सोराबजी संतुक लेन, धोबी तलाव,
मरीन लाइंस, मुम्बई-400 002

पहला संस्करण : 2002
चौथा संस्करण : 2024

मुद्रक : बी. के. ऑफसेट
नवीन शाहदरा, दिल्ली-110 032

TARAPATH
by Sumitra Nandan Pant

ISBN : 978-81-8031-365-3

मूल्य : ₹695

सुमित्रानन्दन पन्त

१८/बी.७ के० जी० मार्ग
इलाहाबाद

विज्ञापन

दिनांक............ ....

तारापथ नामक मेरे नवीन काव्य संकलन को प्रकाश में लाने का श्रेय लोकभारती प्रकाशन, इलाहाबाद को है। उन्होंने काव्य-प्रेमी विज्ञों की सहायता से इसके अंतर्गत प्रकाशित रचनाओं का चयन किया, उन्होंने अपने स्वतंत्र निर्णय से नयी पीढ़ी के समर्थ कथाकार श्री दूधनाथ सिंह जी से इसकी भूमिका के रूप में "संपूर्णता का कवि" शीर्षक आलोचनात्मक निबंध लिखवाया, और उन्होंने इसकी सामग्री को सँवारने में अपनी कला-रुचि का परिचय दिया।

मेरे अन्य भी काव्य संकलनों से हिन्दी पाठक परिचित हैं। इस संकलन की विशेषता यह हो सकती है कि इसमें मेरी नवीनतम कृतियों का प्रतिनिधित्व पाठकों को मिलता है, जिसमें लोकायतन तथा उसके बाद की भी रचनाओं से सामग्री संगृहीत की गई है।

मैं लोकभारती के संचालकों को इस संकलन के चयन, प्रकाशन तथा संयोजन संबंधी सूझबूझ के लिए बधाई देता हूँ और आशा करता हूँ कि पाठक उनके इस अभिनव प्रयास का स्वागत करेंगे।

१८/बी.७, के. जी. मार्ग, इलाहाबाद
१८. एक. १९६८

अनुक्रम

●

●

सम्पूर्णता का कवि

(१)

प्रत्येक युग में रचना-सक्षम, संघर्षशील और स्वतन्त्रचेता कवि के बारे में अकसर एक विशेष प्रवृत्ति परिलक्षित होती है। उसके बारे में उसके जीवन-काल में ही उसकी काव्य-रचना को लेकर अनेक प्रकार की परस्पर-विरोधी, प्रशंसात्मक, आशंसात्मक, चमत्कारपूर्ण और चौंकानेवाली विचार-पद्धतियाँ सामने आती हैं। उसके आलोचक और प्रशंसक जब तक उसके बारे में एक विशेष विचार-कसौटी का निर्धारण करते हैं, तब तक अपनी रचनाशीलता और सत्योपलब्धि में कवि किसी दूसरे बिन्दु पर खिसक जाता है। अकसर कवि के अन्दर ही यह सतत रचनात्मक गतिशीलता उसके आलोचकों, प्रशंसकों और विरोधियों—सभी को एक साथ चौंकाती है, उन्हें हतप्रभ करती है, उनकी विचार-कसौटियों या आग्रहों, दुराग्रहों, सदाग्रहों को काटती चलती है। अकसर प्रशंसक घोर विरोधियों में बदल जाते हैं या तटस्थ, उदासीन हो जाते हैं। चाहे उनके आग्रह और उनकी आशंसाएँ कवि की विचार-सरणि के निकट ही क्यों न हों, कवि की गतिशीलता के साथ ही वे अपने को गतिशील नहीं बना पाते और इस तरह जो सदाग्रह होता है, उसी से एक घोर-विरोधी अथवा कुतर्कपूर्ण पूर्वाग्रह का निर्माण होता है। विरोधियों और निन्दकों या नासमझों के लिए तो कवि की यह सतत गतिशीलता उनके पूर्वाग्रहों के लिए और अधिक सामग्री जुटाती चलती है। अन्ततः इन सारी बातों से एक विचित्र-सी भ्रान्त और छद्म धारणा का निर्माण होता है। इसी भ्रान्त धारणा से या आलोचना के ऐसे ही सर्वप्रचलित 'मिथ' से समालोचना और युग की कसौटियाँ तक कभी-कभी निर्धारित होने लगती हैं और साहित्य के विद्यार्थी के लिए कवि के काव्य-वैभव तक सीधे पहुँचना और उसका पुनर्मूल्यांकन या सही मूल्यांकन करना असम्भव नहीं तो कुछ कठिन अवश्य हो जाता है। अकसर आलोचकों की इसी भ्रांत विचार-प्रणाली को देखकर कोई भी कवि अपने ऊपर वह नैतिक दबाव महसूस करता है, जिसके वशीभूत होकर वह पाठक और काव्य-मर्मज्ञ को सीधे अपने काव्य-वैभव तक पहुँचाने के लिए इन धारणाओं को काटता है और कविता की व्याख्या का बुनियादी उत्तरदायित्व भी स्वयं ही वहन करता है।

यह सवाल अपने मूल में आलोचना की कसौटी और मूल्यांकन-दृष्टि से जुड़ा हुआ है, लेकिन इस सवाल का सम्बन्ध किसी सर्वस्वीकृत कवि से नहीं है। यह सवाल किसी भी ऐसे रचनाकार से जुड़ा हुआ नहीं है, जिसकी एक काव्य-रूढ़ि निर्मित हो चुकी हो, या जो अपनी कला-सचेतनता और अनुभूति निर्माण में सतत

गतिशील न हो, या जो आलोचनापेक्षी, प्रशंसापेक्षी हो, या जो अपने अन्दर के सतत उद्वेलनों या भाव-संघर्षों से प्रताड़ित और पीड़ित न होकर, सन्तुष्ट, निर्विकार और निश्चिन्त हो, अथवा काव्य-सचेतनता के मूल उपादानों से दूर हट गया हो। आलोचना की कसौटी और मूल्यांकन-दृष्टि का सवाल भी, जैसा कि कहा गया है, एक रचना-सक्षम संघर्षशील और स्वतंत्रचेता कवि के साथ जुड़ा ही हुआ है। इसे हम कवि व्यक्तित्व की विवादास्पदता भी कह सकते हैं। कवि के व्यक्तित्व का इस रूप में विवादास्पद होना उसकी जीवंतता और शक्तिमत्ता का प्रमाण है। इस तरह आलोचना की कसौटी और मूल्यांकन-दृष्टि मुख्यतः कवि की जीवंतता और गतिशील शक्तिमत्ता के स्वीकार से जुड़ी हुई है कि आलोचना और मूल्यांकन सम्पूर्णतः एक स्वतन्त्र आलोचक अथवा मूल्यांकनकर्ता की अपनी विचार-पद्धतियों को निर्मित करने की कार्य-पद्धति है या उसे कवि के जीवंत और शक्तिमन्त काव्य-वैभव के अन्दर से होकर आना चाहिए। इस पर बड़ी लम्बी-चौड़ी बहस उठायी जा सकती है, जिसके लिए यहाँ जगह नहीं है। फिर भी सत्य का पक्ष ही यही है कि आलोचना मूल्यांकनकर्ता के विचारों का कवि-रचनाकार के ऊपर आरोपण नहीं है, बल्कि कविता के अन्दर से होकर आनेवाली उसकी (कविता की) जीवंतता और शक्तिमत्ता को खोलनेवाली एक उत्तरदायित्वपूर्ण संरचना है।

महाकवि श्री सुमित्रानन्दन पन्त के समस्त काव्य-वैभव का एक तटस्थ और सम्पूर्ण विवेचन प्रस्तुत करने के लिए इस भूमिका के बिना आगे नहीं बढ़ा जा सकता। आज सन् १९६८ ई० में, जब पन्त जी ६९वें वर्ष में प्रवेश (जन्म, २० मई, १९०० ई०) कर चुके हैं और उनके अदम्य साहसी, जीवन्त और शक्तिशाली रचनात्मक व्यक्तित्व के लगभग ५० वर्ष हमारे सामने हैं, अर्थात् ५० वर्षों का रचित काव्य-वैभव, जो अपने स्वतंत्रचेता निर्णयों और अपनी सतत गतिशीलता के कारण लगातार तथाकथित 'आलोचनामिथों' का निर्माण अपने इर्द-गिर्द करता रहा है, जब कि उनके प्रशंसक उनके घोर विरोधी हो गये हैं, अथवा तटस्थ और उदासीन, जब कि उनकी रचनाओं और भावबोध की नयी-नयी दिशाओं के सतत अन्वेषण ने उनके विरोधियों के लिए पूर्वाग्रहों और गलत व्याख्याओं और तरह-तरह के विवादों को जन्म देने के लिए और अधिक उत्तेजित किया है, प्रस्तुत उपर्युक्त भूमिका का महत्त्व और भी बढ़ जाता है। यहाँ यह स्पष्ट कर देना उचित होगा कि प्रस्तुत मूल्यांकन की दृष्टि पन्तजी की उस सतत संघर्षशील, गतिमय और अनेक स्तरीय काव्य-सम्पदा के अन्दर से होकर आने वाली दृष्टि होगी। कम-से-कम प्रस्तुत मूल्यांकन का प्रयास इसी दिशा में होगा। अकसर पन्तजी के काव्य-संचरण की विभिन्न दिशाएँ अनेक प्रकार के गलत विवादों और आलोचना-मानों को जन्म देती रही हैं और इन बचकाने, किन्तु तथाकथित गम्भीर, प्रयासों में कहीं भी कवि-व्यक्तित्व की गतिशील अन्तःसंगति को नहीं ढूँढा गया है। यह बात निस्सन्देह रूप से स्वीकार की जा सकती है कि पिछले ५० वर्षों के दौरान काव्य में गतिशीलता और उसके अन्वेषण की नयी दिशाओं को लेकर जितना

विवादास्पद व्यक्तित्व कवि पन्त का रहा है और आज भी बना हुआ है, इतना किसी दूसरे समकालीन या उत्तरकालीन कवि का नहीं रहा। यह विवादास्पदता भ्रमवश उत्पन्न न होकर कवि की अन्त:संरचना के क्षणों और निर्णयों से लगातार एक तादात्म्य स्थापित न कर सकने की, काव्य-मर्मज्ञों की क्षमता के फलस्वरूप उत्पन्न हुई हैं। मूल्यांकन-दृष्टि की इसी पृष्ठभूमि में हम पन्तजी के काव्य की विशिष्टताओं, उपलब्धियों और उसकी अन्त:संगति का सम्यक् और एक सम्पूर्ण विश्लेषण प्रस्तुत कर सकते हैं।

(२)

श्री सुमित्रानन्दन पन्त के काव्य-वैभव एवं विकास का एक सम्पूर्ण मूल्यांकन प्रस्तुत करने के पहले यहाँ छायावादी काव्य की देशीय और अन्तर्देशीय पृष्ठभूमि और परिस्थितियों और सन्दर्भों पर संक्षेप में विचार कर लेना उचित होगा। यह निश्चित है कि इस शताब्दी के पूर्वार्द्ध के तीन दशक, जिनमें छायावादी कवि की मानसिक और कला-चेतना संबंधी धारणाएँ निर्मित और परिपुष्ट हुईं, एक व्यापक जन-जागरण का समय रहा है। इस जन-जागरण की मूल प्रेरणा के रूप में महात्मा गाँधी, स्वामी रामकृष्ण परमहंस, स्वामी विवेकानन्द और महर्षि अरविन्द तथा महाकवि टैगोर रहे हैं। गाँधी जहाँ इस व्यापक जागरण के राजनैतिक और आध्यात्मिक गुरु रहे हैं, वहीं स्वामी रामकृष्ण परमहंस, विवेकानन्द या महर्षि अरविन्द ने इसको भारतीय सांस्कारिक और सांस्कृतिक अध्यात्म और सार्वभौमिक अन्तश्चेतना और राष्ट्र-प्रेम से जोड़ने में अधिक योग दिया है। (गाँधी का अध्यात्म निश्चय ही इन लोगों से अलग तरह का अध्यात्म है।) टैगोर ने इस जागरण को एक कलात्मकता, भारतीय पावनता और व्यक्ति के नैतिक निजत्व से जोड़ा। हमारी परतन्त्रता ने महर्षि अरविन्द या स्वामी विवेकानन्द जैसे योगियों और धर्म-नेताओं की सारी चेतना को भी इस तरह प्रभावित किया कि एक ओर यदि वे अपनी सारी साधना और सारे ज्ञान को व्यक्ति के निजत्व परिष्कार की ओर लगाते दिखते हैं, तो दूसरी ओर उन्हें अपने दलित देश और जाति और जन-समूह के उत्थान और उसकी मुक्ति की कल्पना और कार्यशीलता भी अभिभूत किये हुए है। हमारी परतन्त्रता वह प्रमुख कारण है, जिसने उस काल में उत्पन्न इन मनीषियों के अपने ज्ञान और दर्शन का विकास किसी एक ही दिशा में नहीं होने दिया! यदि भारतवर्ष स्वतन्त्र होता तो सम्भव था कि स्वामी विवेकानन्द यौगिक क्रियाओं का अध्ययन, अनुशीलन और प्रचार में ही लगे रहते और उनकी यह विराट शक्तिमत्ता और राष्ट्र-प्रेम और समस्त दर्शन की पुनर्व्याख्या और पश्चिम और पूर्व के विशाल, ज्ञान चिंतन, धर्म और संस्कार की तुलनात्मक विवेचना और उपलब्धि से हम वंचित रह जाते। देश की अध:पतित मनोदशा को ध्यान में रखकर ही विवेकानन्द ने कहा था कि ''हम एक ऐसे देश में पैदा हुए हैं, जहाँ हर दो आदमी इकट्ठे होने पर एक-दूसरे से लड़ बैठते हैं।'' साथ ही भारतीय मनुष्य की छिपी हुई शक्ति की ओर इशारा करते हुए उन्होंने यह भी कहा था, ''एक दिन हम सारी दुनिया में आग

(आदर्श, प्रेम और पवित्रता की आग से यहाँ मतलब है।) लगा देंगे।'' हमारी परतन्त्रता ही वह प्रमुख कारण है, जिससे उस काल का प्रत्येक मनीषी एक अर्द्धचिन्तक और अर्द्धदार्शनिक बनकर रह गया है और उसे अपनी शक्ति और ज्ञान का प्रमुख अंश इस व्यापक जागरण को और अधिक समृद्ध बनाने में लगाना पड़ा है। वह एक प्रकार से हमारी विडम्बना या विवशता और तात्कालिक नैतिक दायित्व की माँग दोनों ही थी। बहरहाल, कहने का तात्पर्य यह है **कि इसी विवशता और नैतिक दायित्व की माँग के अन्दर से तत्कालीन भारतीय साहित्य और कविता उद्‌भूत हुई है।** छायावाद-पूर्व के युग की कविता में एक सीमित राष्ट्र-प्रेम और अन्ध-पुरातन श्रद्धा और विश्वास अधिक था। वह अन्दर की एक दुहरी चेतना से पीड़ित और उद्‌भ्रान्त नहीं था। द्विवेदी-युग के कवि के निर्णय बड़े ही सरल और सन्देहरहित होते थे। उसके सामने उस तरह से कुछ भी अस्पष्ट और ऊहापोह-ग्रस्त नहीं था, जिसमें हर निर्णय एक खतरे को जन्म देता चलता है और हर निर्णय की इयत्ता का प्रभाव-दुष्प्रभाव कवि, कलाकार और चिन्तक के अगले निर्णयों पर पड़ता ही है। **छायावादी कवि की समस्त चेतना और कलात्मक उपलब्धि की बुनियाद में उसकी वह दुहरी चेतना रही है। एक ओर मनुष्य के निजत्व की चिन्ता और मानव-मात्र की चैतन्य शक्तिमत्ता की खोज और उसका विकास, तो दूसरी ओर भारत की पददलित जनता और उसकी दुर्दशा के प्रति एक निश्छल और निर्मम आक्रोश।** इसीलिए गाँधी और विवेकानन्द ने किसी एक भारतीय भाषा के लेखक-कवि को ही प्रभावित नहीं किया, उनका प्रभाव सम्पूर्ण भारतीय बौद्धिक चेतना पर समान रूप से लक्षित किया जा सकता है। चाहे वह रवीन्द्रनाथ हों या शंकर कुरुप्प या सुन्दरम् या सुब्रह्मण्यम भारती या काज़ी नज़रुल इस्लाम या जीवनानन्द दास अथवा निराला या सुमित्रानन्दन पन्त। सम्पूर्ण भारतीय बौद्धिक चेतना पर जो एक विषण्ण अवसाद की छाया झलकती है और उसके साथ ही मनुष्य की उच्चतर चेतना और नव अभ्युत्थान का जो एक विराट सन्देश मिलता है, वह इसी व्यापक भारतीय जन-जागरण और उसके पीड़ाजनक निर्णयों का प्रतिफल है। इस व्यापक जन-जागरण और अभ्युत्थान चेतना की पृष्ठभूमि में ही छायावादी कवि का मानसिक निर्माण हुआ है। यदि इसे ध्यान में रखा जाये तो ऊपर से अत्यन्त विचित्र लगने वाली और लगातार दुहरे-तिहरे स्तर पर क्रियाशील रहने वाली छायावादी कवि की रचना-प्रक्रिया को समझना आसान होगा और उसमें एक गुणात्मक अन्त:संगति आसानी से खोजकर निकाली जा सकती है। साथ ही छायावादी कविता के सम्पूर्ण भाव-पट का निर्माण, उसकी अन्त:प्रेरणा और उसकी विशिष्ट निर्मितियों तथा विशिष्ट उपलब्धियों को भी रेखांकित किया जा सकेगा।

अपने ऐतिहासिक बोध और मूल्य-स्थापन में अनेक वाद-विवादों के बावजूद आज छायावादी कविता के आविर्भाव का एक स्पष्ट रूप हमारे सामने है। स्थूल परिभाषाओं के विवादों से परे छायावादी कविता की सम्पूर्ण स्थिति— उसकी पृष्ठभूमि, उसका आविर्भाव, उद्देश्य और उपलब्धि—के बारे में अत्यधिक स्पष्टता से विवेचन

और मूल्यांकन का प्रश्न आज उठाया जा सकता है। इस सम्बन्ध में हम एक नकारात्मक वाक्य से अपनी बात शुरू करेंगे। यह कि छायावादी कविता का आविर्भाव मात्र एक भाषागत विद्रोह ही नहीं था। जैसा कि अनेक बार यह बात आलोचकों और छायावाद पर शोध-ग्रन्थ लिखने वालों ने कही है कि वह द्विवेदी-युगीन भाषा की इतिवृत्तात्मकता और स्थूल वर्णनात्मकता के विरुद्ध भाषागत अभिव्यंजना का अन्तर्मुखी प्रयत्न था। वास्तव में कवि की भाषा में अन्तर तभी होता है, जब उसकी सम्पूर्ण काव्यानुभूति की बनावट में अन्तर आ जाये। काव्यानुभूति की बनावट का एक नया रूप स्वयं ही अपने लिए एक नयी भाषा का आविष्कार कर लेता है। कहने का मतलब यह है कि भाषा की यह चेतना अनुभूति की चेतना से अलग और स्वतन्त्र रूप में नहीं आती। अतः छायावादी काव्य के आविर्भाव को केवल भाषा के नवीन आविर्भाव या प्रयत्न से जोड़ना भ्रामक है। दरअसल भाषा का प्रश्न छायावादी कवि के सामने अपनी पृथक् अनुभव-दिशा के साथ-साथ ही जुड़ा हुआ आया है। जिस तरह गोपालशरण सिंह या गयाप्रसाद शुक्ल 'सनेही', मैथिलीशरण गुप्त या रामचरित उपाध्याय के लिए भाषा का प्रश्न अलग था, उस तरह का प्रश्न छायावादी कवि के सामने नहीं था। या यों कहें कि कविता और भाषा के इस अति-प्रारम्भिक सवाल और उसकी समस्या से अलग छायावादी कवि के लिए विद्रोही होने के कारण कहीं अधिक गहरे और महत्त्वपूर्ण थे और कविता की सम्पूर्ण जीवंतता से सम्बद्ध थे। गोपालशरण सिंह के लिए मुख्य समस्या यह थी कि वे सवैया या घनाक्षरी छन्द को खड़ी बोली में लिख सकते हैं या नहीं। दूसरे, बहुत से बाह्य और अति साधारण विषयों के लिए अगर ब्रजभाषा का लालित्य प्रतिकूल पड़ता है तो उसके लिए वे या दूसरे उपर्युक्त कवि खड़ीबोली का उपयोग करेंगे। उदाहरणार्थ—'काशीफल कूष्माण्ड कहीं हैं। कहीं लौकियाँ लटक रही हैं।' अथवा 'ऐसी सुविधा और कहाँ है। थोड़े में निर्वाह यहाँ है' जैसी उक्तियों को कविता का रूप देने की बात एक ब्रजभाषा का कवि सोच भी नहीं सकता था। उसे 'लौकियों के लटकने' या 'कूष्माण्ड' शब्द के ही काव्यत्व-सम्पन्न होने में सन्देह था। न ही उसने 'थोड़े में निर्वाह' जैसी बात पर कविता में विचार करने की ही सोची थी। इसी तरह 'गुज़र जायेंगे दिन गुज़रते-गुज़रते, कि उतरेगा यह मैल उतरते-उतरते' (नारायण प्रसाद 'बेताब') जैसी उपदेशात्मक भाषा के प्रयोग की समस्या, इधर छायावादी कवि के सामने भी नहीं थी। भाषागत विद्रोह की जितनी गहरी चेतना और आवश्यकता पूर्व-छायावादी कवि को थी, वैसी हिन्दी कविता के इतिहास में और कहीं नहीं मिलेगी। उसके पीछे एक कारण था—एक सर्व-स्वीकृत काव्य-भाषा (ब्रजभाषा) का परित्याग करके नव-विकसित बोली का कविता के रूप में प्रयोग। निश्चय ही इस विवशता और चुनौती के पीछे ब्रजभाषा का भयावह काव्य-रूढ़ियों के जाल में फँस जाना और दूसरी ओर बदली हुई राजनैतिक, ऐतिहासिक, सामाजिक और व्यक्ति-चेतना की परिस्थितियाँ थीं। इन दोनों परिस्थितियों के कारण द्विवेदी-युग की कविता का मूल स्वर राष्ट्रवादी तो है, लेकिन एक संकीर्ण अर्थ में ही राष्ट्रवादी। इस

कविता-युग को लेकर राष्ट्रीयता और राष्ट्र-प्रेम या उसके स्वदेशी होने की इतनी प्रशस्ति आलोचकों ने की है, आज उस तरह के राष्ट्र-प्रेम को 'संकीर्ण राष्ट्रवाद' कहना, सहसा चौंकाने वाला लगेगा। लेकिन ऐसा करने के पीछे कोई दुराग्रह या द्विवेदी-युग की कविता की अवमानना नहीं है, बल्कि उसके पीछे एक निश्चित दृष्टिकोण है, जो उसके बाद आने वाली छायावादी काव्य प्रवृत्ति को समझने में मदद करता है, 'संकीर्ण राष्ट्रवाद की कविता' कहकर द्विवेदी-युग की कविता का अवमूल्यन करने की जगह हम उसे उसके सही संदर्भों में रखने की एक निष्पक्ष कोशिश कर रहे हैं। विशेषकर तब, जब कि छायावादी कवि का मानसिक विकास भी लगभग उन्हीं परिस्थितियों में होते हुए वह भारतीयता के एक निश्चित दायरे के ऊपर उठकर एक समग्र मानवता की खोज और एक सार्वभौमिक मूल्यवत्ता को उपलब्ध करने में सचेष्ट दिखाई देता है। इस तरह यह बात आज निस्संदेह रूप से कही जा सकती है कि **छायावादी कविता के मूल उद्भव के पीछे भाषा की सचेतना की जगह काव्य मूल्य की चेतना अधिक प्रखर है।**

छायावादी कविता के उद्भव की इस प्रमुख उद्भावना को नज़र-अन्दाज़ करते रहने या उसे गौण रूप में देखते रहने के कारण ही छायावाद पर अनेक लांछन और ग़लत आरोप लगाये गये, जो काफ़ी दिनों तक आलोचना अथवा विद्यार्थियों के पाठ्य-क्रम में प्रचलित रहे। उदाहरणार्थ, यह एक सर्व-स्वीकृत धारणा-सी बन गयी कि छायावाद कविता का अर्थ रोमैण्टिक, मांसल और भावना-प्रधान व्यक्तिमूलक काव्य से है। इस धारणा को छायावादी कवियों की प्रारम्भिक कविताओं ने बहुत हद तक पुष्ट भी किया। उसकी वजह निश्चित रूप से इस काव्य विद्रोह को एक व्यक्ति-सापेक्ष्य नैतिक स्वीकृति देना था और कविता के उपादानों को प्रकृति, प्रेम, रंग और संबोधनों के बीच से उठाना था। शुरू में कविता के संपूर्ण भावावेश से उद्भूत अंतिम परिणाम या उसके नैतिक संदेश या चिन्तनगत उद्देश्यों पर न जाकर, आलोचकों की दृष्टि कविता में प्रयुक्त इन उपादानों पर ही अटककर रह गयी। लेकिन धीरे-धीरे, जब आज वे सारे के सारे नव-निर्मित काव्य-उपादान स्थिर हो गये हैं और बहुत-कुछ उनके अर्थ और उनकी बिम्ब-परिणति से हम परिचित हो गये हैं, हमें उनके अन्दर जाकर उस कविता की मूल अवधारणा को टटोलने पर यही सत्य मिलता है कि **छायावादी कविता के उद्भव के पीछे उसके पूर्व की सारी हिन्दी कविता के समानान्तर एक मूल्यगत विद्रोह की भावना ही प्रमुख थी।** यह मूल्यगत विद्रोह अपने तत्कालीन पूर्ववर्तियों या रीतिवादियों से न होकर, भक्तिकालीन कविता की गहरी प्रपत्ति-भावना और उसकी महाकाव्यमूलक प्रवृत्ति से भी था। ज़ाहिर है, यह चुनौती कोई मामूली चुनौती नहीं थी। हिन्दी कविता की सम्पूर्ण मूल्यगत उपलब्धियों पर एक प्रश्नवाचक चिह्न लगाकर उसके समक्ष नैतिक मानवीय मूल्य को एक नयी सार्वभौमिकता से प्रतिष्ठित करने का यह आग्रह एक बहुत बड़ा आग्रह था। इसी अर्थ के समानान्तर हमने द्विवेदी-युगीन हिन्दी कविता को एक संकीर्ण राष्ट्रवाद की कविता कहा है;

क्योंकि उस युग के सारे कवियों की मूल चेतना—भाषा, विषय-वस्तु, परिणाम और मूल्य—इन सभी दृष्टियों से भारतीय और मध्य-देश की सीमाओं में बँधी है। उसके आदर्शों और लक्ष्यों का तेवर अपनी सारी वर्णनात्मकता के बावजूद भावुकता-प्रधान है। यह भावुकता उस चुनौती के कारण आयी है, जो इस काल के कवि को ब्रजभाषा और ब्रजभाषा के रीतिवादी कवियों और स्वामी दयानन्द सरस्वती तथा अन्य धर्म-सुधारकों और समाज-व्याख्याताओं ने उसके समक्ष प्रस्तुत कर दी थी। निश्चय ही इस तरह की चुनौती की परिणति एक आदर्शवादी, अभिधा-प्रधान, भावुकतापूर्ण काव्य में ही हो सकती थी, जिसमें मुखरता (लाउड थिंकिंग) अधिक हो, जबकि छायावादी कवि इन समस्त राष्ट्रीय उद्‌बोधनों को आत्मसात् करते हुए भी कविता को इस तरह की समसामयिकता और एकदेशिकता के ऊपर एक सार्वभौमिक क्षण तक ले जाने के लिए प्रयत्नशील दिखाई पड़ता है। इस सार्वभौमिक क्षण तक ले जाने में वह उस पुरातनता और रूढ़िबद्ध मूल्यों से मुक्ति भी चाहता है, जहाँ हिन्दी के भक्तकवि अपनी सम्पूर्ण और सार्वभौमिक प्रपत्ति-भावना (शरणागति) से एक बार पहुँच चुके हैं। उस तरह की भाव-तन्मयता और तथाकथित समग्रता से छुटकारा पाने में ही छायावादी कविता का 'आधुनिक होना' निहित है। मुक्ति की यह कामना अपने को अन्तर्राष्ट्रीय संदर्भों और वर्तमान वैज्ञानिक विकास और मनुष्य की एक विचित्र-सी असहाय नियति से अपने को जोड़ने के लिए है। इसलिए छायावादी कविता का सम्पूर्ण भावपट आधुनिक है और उसकी समस्त चेतना एक नये प्रकार की विशाल नैतिक मानववादी भूमि पर प्रतिष्ठित है। इस संदर्भ में पन्तजी की वह शक्ति द्रष्टव्य है, जहाँ पर उन्होंने छायावाद की ऐतिहासिक दृष्टि से अनुपयोगी विगत वास्तविकता को अपनी बोध-दृष्टि से अतिक्रम कर नवीन 'यथार्थोन्मुख आदर्शों की खोज' (छायावाद : पुनर्मूल्यांकन) कहा है। छायावादी कवि की यह 'इतिहास दृष्टि' केवल अपनी पूर्ववर्ती कविता-धारा के विरोध या चुनौती से न उपजकर, सम्पूर्ण हिन्दी कविता की मूल्यगत उपलब्धि को सर्वथा नयी साहसिक चुनौती देने के कारण उत्पन्न हुई है। यथार्थ (वास्तविकता) को 'अनुपयोगी' और 'विगत' मानना अपने आपमें छायावादी कविता को एक विशेष और लम्बा ऐतिहासिक दायित्व सौंपना है। इसी ऐतिहासिक दायित्व को ध्यान में रखते हुए और छायावादी कविता की शक्तिमत्ता, जीवंतता और मूल्यवत्ता और उसके 'व्यक्तित्व' को प्रतिष्ठापित करते हुए पन्तजी ने लिखा है—"यद्यपि एक दृष्टि से उसमें (छायावाद में) भक्तिकाल की भावतन्मयता तथा समग्रता का अभाव हो, पर दूसरी दृष्टि से वह भक्तिकाल की साम्प्रदायिकता, एकांगिता आदि से मुक्त, व्यापक विश्व-चैतन्य के स्पर्श से युक्त, निखिल मानव समाज के लिए अधिक भावात्मक बोध लिये हुए होने के कारण, काव्यमूल की कसौटी में अधिक लोकप्रिय नहीं तो अधिक श्रेष्ठ अवश्य है, क्योंकि वह अपनी अंचल छाया में भावी मानव-मूल्य एवं भावी जीवन-ज्योति, अपनी कलात्मक शोभा में सँजोये हुए है।—मध्ययुगीन सन्तों की तरह छायावादी कवि आत्मब्रह्म और आत्म-परिष्कार की खोज में न जाकर विश्वात्मा और

विश्वजीवन की खोज में अग्रसर हुए। अतः उनकी प्रेरणा का स्रोत मध्ययुगीन भारतीय अन्तश्चेतना (साइकी) न रहकर विश्व-चेतना (यूनिवर्सल साइकी) रही।'' **(छायावाद : पुनर्मूल्यांकन)।**

इसी तरह हम कह सकते हैं कि **सम्पूर्ण हिन्दी कविता की पृष्ठभूमि में छायावादी कविता एक नये ऐतिहासिक बोध से संयुक्त, एक सार्वभौमिक मानववाद को नैतिक मूल्य के रूप में स्वीकृत कर कविता को उसकी कलात्मक और नैतिक चेतना में सार्वभौमिक क्षण तक ले जाने का सर्वथा एक नया प्रयत्न है।** परिभाषा देने का यह प्रयत्न सिर्फ़ छायावादी कविता को पुरानी आलोचना और पूर्वाग्रह के जाल से मुक्त करने और उसको सही संदर्भों में रखने के लिए है। छायावादी कविता को 'रोमांसलता' के जिस प्रच्छन्न सीमित काव्य-मूल्य से जोड़ा गया है, वह इस कविता-धारा की अनेकानेक उपलब्धियों को झुठलाता और नकारता है और इस तरह उसका एक सम्पूर्ण अध्ययन और मूल्यांकन सम्भव नहीं हो पाता। ये प्रच्छन्न, प्रशंसात्मक और गुण-रूप पूर्वाग्रह अनेकानेक कठिनाइयों और कविता-धारा का मज़ाक उड़ाने और न समझ सकने तथा गलत व्याख्याओं के कारण उत्पन्न हुए हैं। इन व्याख्याओं से छायावाद के कई मूर्धन्य कवि आक्रान्त भी रहे हैं और उन्होंने अपनी कविता की विश्वजनीन संवेदनाओं पर सीधे दृष्टि न डालते हुए, आलोचना के इन मानदंडों की स्वयं व्याख्या करने या उन्हें परिभाषित करने की भी कोशिशें की हैं। 'छायावाद' नाम को लेकर ही, जो इस कविता-धारा को एक व्यंग्योक्ति के रूप में दिया गया था—स्वयं प्रसादजी और महादेवी वर्मा ने अपने-अपने ढंग से अपनाने और परिभाषित करने की कोशिश की। निश्चय ही उन्होंने परिभाषा के उपादान अपनी कविताओं से ही लिये, लेकिन एक व्यंग्य के रूप में प्राप्त उस नाम को उन्होंने गम्भीरतापूर्वक तो लिया ही। प्रसादजी का इस कविता को 'पारदर्शी वेदना' से जोड़ना और महादेवी का उसे 'रहस्-चैतन्य' की परिकल्पना से परिपूर्ण करना उनकी अपनी कविताओं की संगति में अधिक उचित तो मालूम पड़ता है, लेकिन सम्पूर्ण कविता-धारा के मूल्यांकन के लिए ये परिभाषाएँ आज अकसर छोटी लगती हैं। इस सम्बन्ध में श्री सुमित्रानन्दन पन्त का दृष्टिकोण हमेशा विश्लेषणात्मक और मूल्यपरक रहा है। उन्होंने कविता के कला-मूल्यों और वस्तु की ऐतिहासिक और निजात्मक व्याख्या अधिक की है और इस तरह कविता को किन्हीं निश्चित और संकीर्ण परिभाषाओं में न बाँधकर उसके अध्ययन के क्षेत्र और सम्भावनाओं को अधिक महत्त्व दिया है। 'पल्लव' की भूमिका से लेकर, 'आधुनिक कवि', 'रश्मिबंध', 'चिदम्बरा' आदि सारे कविता-संग्रहों, संकलनों की भूमिकाओं में उनका दृष्टिकोण हमेशा व्याख्यापरक, मूल्यपरक, अध्ययनपरक और कविता और युग और इतिहास और कवि की अन्तःसंगति की एक खोज रहा है। यह द्रष्टव्य है कि 'पल्लव' की भूमिका की मूल दृष्टि परिभाषात्मक न होकर ऐतिहासिक परिप्रेक्ष्य में अपनी कविता (और इस तरह सम्पूर्ण छायावादी कविता) की कलात्मक और वस्तुगत उपलब्धियों की अंतःसंगति की खोज है। इस सम्बन्ध में आगे कवि की विभिन्न

काव्य-दिशाओं पर विचार करते हुए हम विस्तार में जायेंगे। यहाँ केवल इतना ही कि छायावादी कविता के विश्लेषण में पन्तजी की दृष्टि कवितागत उपलब्धियों को परिभाषाओं की संकुचित सीमा में बाँधने और उसके बाहर पड़ने वाले प्रसंगों को नकारना नहीं रहा है। 'निराला' इस सम्बन्ध में बिलकुल तटस्थ या आत्मस्थ रहें हैं। 'प्रबन्ध-प्रतिमा', 'चाबुक' या 'चिन्तन' के अधिकांश निबन्ध कविता की आंतरिक खोज और दूसरे कवियों के प्रसंग-विवरणों से अधिक सम्बद्ध हैं। उनकी व्याख्याएँ एक विशुद्ध कलावादी आलोचना या प्रभाववादी और विवरणात्मक विश्लेषण के अधिक निकट पड़ती हैं। वास्तविकता यह है कि पन्त और निराला दोनों ही छायावाद की तथाकथित भ्रांति-मूलक अवधारणाओं से अपने-अपने ढंग से प्रभावित या आतंकित नहीं हुए हैं। जहाँ पन्त कविता की गतिशील उपलब्धियों के प्रति सचेत हैं और उसकी प्रयोगधर्मिताओं की व्याख्या से कविता की भाव-परिधि को बढ़ाते चलते हैं, वहाँ निराला अपने अन्दर और बाहर के अनेक कारणों और वैषम्यों से इस तरह के प्रयत्नों से अलग-थलग और तटस्थ हैं।

(३)

उपर्युक्त भूमिका के पश्चात् अब हम पन्तजी के सम्पूर्ण काव्य-विकास और उससे उद्भूत एक सार्वजनिक नैतिक अनुशासन का अध्ययन कर सकते हैं। पन्तजी ने एक स्थान पर कविता को 'परिपूर्ण क्षणों की वाणी' ('पल्लव' की भूमिका) कहा है। हम इस 'परिपूर्ण क्षण' से उनके सारे काव्य की उस नैतिक दृष्टि को जोड़ सकते हैं, जो उनकी अनेक-स्तरीय काव्य-दिशाओं में आसानी से पकड़ में नहीं आती। ध्यान देने की बात है कि कविता की परिभाषा के लिए कविता के उपादानों—शब्द, शिल्प और अनुभव संस्थान—पर न जाकर पन्तजी ने उसका सम्बन्ध समय की भीतरी इयत्ता से जोड़ा है। समय की यह परिपूर्णता कवि की निजी आन्तरिक परिपूर्णता से बाँधी गयी है—संदेहरहित अन्तर्दृष्टि से। एक बात और भी ध्यान देने की है कि यह परिभाषा उनके एक महत्त्वपूर्ण, किन्तु प्रारम्भिक, कविता-संग्रह ('पल्लव' : प्रकाशन-वर्ष : १९२६) में दी गयी है। ये दोनों ही बातें दो महत्त्वपूर्ण संभावनाओं और परिणामों की ओर इशारा करती हैं। पहला, कवि का एक निर्वैयक्तिक दृष्टिकोण और वस्तुवादी चेतना की उपलब्धि। दूसरा, सौन्दर्य-चेतना और भाव-चेतना का संश्लेषण। इन सारे उपादानों और चिन्तन के गूढ़ महत्त्वपूर्ण परिणामों से पन्तजी के समस्त काव्य-वैभव का निर्माण हुआ है। ये 'परिपूर्ण क्षण' अपनी सम्पूर्ण भाव-सत्ता के साथ-साथ कवि के काव्य चिंतन के साथ निरन्तर विकसित होते गये हैं और अपनी परिपूर्णता में उन्होंने चेतना के सारे स्तरों को क्रमशः आत्मसात् और अंगीकार कर लिया। चेतना के इन स्तरों का एक सूक्ष्म क्रम पन्तजी के काव्य-विकास में लक्ष्य किया जा सकता है—कुछ इस रूप में—सौंदर्य-चेतना, बौद्धिक चेतना, भू-चेतना और सूक्ष्म चेतना। निश्चय ही विकास का यह क्रम बहुत अलग-अलग या साफ़-साफ़ बँटा हुआ नहीं है। अकसर यह क्रम एक-दूसरे को अतिक्रमित भी करता है, और इस तरह

पन्तजी के सम्पूर्ण काव्य की अन्तश्चेतना और अंत:संगति की अर्थवत्ता को उजागर करता है।

'उच्छ्वास' से लेकर 'गुंजन' ('उच्छ्वास', 'वीणा', 'ग्रन्थि', 'पल्लव' और 'गुंजन') तक की कविता का सम्पूर्ण भाव-पट कवि की सौन्दर्य-चेतना का काल है। शब्द, शिल्प, भाव, भाषा और अन्तर-उद्बोधन—सभी दृष्टियों से कवि एक अत्यन्त सूक्ष्म, बारीक और हृदयहारी सौन्दर्य की सृष्टि करता है। यह कहना उचित होगा कि वह कविता के बाहरी और भीतरी दोनों ही उपादानों से सौंदर्य खोजता और प्रतिष्ठापित करता हुआ मालूम होता है। निश्चय ही यह सौन्दर्य-दृष्टि लोक-मंगल से पृथक अथवा एकांगी नहीं है, किन्तु उसका स्वर और उसकी रचना बहुत कुछ अंतरंगता के एकान्त धरातल पर हुई। उसकी यह 'अंतरंगता' ही वह वैशिष्ट्य है, जो छायावाद के सारे कवियों में पन्त के व्यक्तित्व को सर्वाधिक काव्य-कुशल और मुखर बना देता है। सौंदर्य-सृष्टि के इस प्रयत्न के मुख्य उपादान हैं—प्रकृति, प्रेम और आत्म-उद्बोधन। प्रकृति जहाँ अपने-आप में एक बाह्य उपादान के साथ ही एक साध्य का भी रूप ग्रहण करती है, वहीं प्रेम उसमें अन्तर्संग्रथित है और बहुत हद तक आत्म-उद्बोधन भी। इसीलिए शब्दों के चुनाव और भाषा की कार्यरतता अकसर रंगों और क्रियाओं के माध्यम से प्रकट होती है। इस रूप में पन्तजी के प्रारम्भिक-काव्य में एक सर्वथा अधुनातन तत्त्व नाटकीय तत्त्व (ड्रामेटिक एलिमेण्ट) का प्रादुर्भाव दिखाई देता है, जो हिन्दी कविता में अभी तक कहीं नहीं आया था। प्रेम और आत्म-उद्बोधन के सारे प्रसंगों के अधिकांशत: इन प्रकृति-चित्रों में संग्रथित हो जाने के कारण एक ही कविता एक स्तर पर अपनी रमणीय चित्रमयता के कारण आकर्षक रहती है, तो दूसरे स्तर पर उसकी अन्तरवर्ती धारा अपनी व्यंजना में एक सर्वथा दूसरे और अछूते अर्थ को ध्वनित और प्रसारित करती है। चित्रमयता और अर्थगर्भिता की इस दुहरी प्रतिच्छवि से 'पल्लव' और 'गुंजन' काल की प्राय: अधिकांश कविताएँ परिपूर्ण हैं और उनको किसी भी एक दृष्टिकोण से रेखांकित करना कठिन ही नहीं, दुराग्रहपूर्ण भी होगा और कविताओं के महत्त्व और उनकी मूल्यवत्ता को सीमित करना होगा। यहाँ पर एक उदाहरण इसके लिए पर्याप्त होगा :—

विस्फारित नयनों से निश्चल
कुछ खोज रहे चल तारक दल
ज्योतित कर जल का अन्तस्तल!
जिनके लघु दीपों को चंचल
अंचल की ओट किए अविरल
फिरती लहरें लुक-छिप पल-पल!

× × ×

लहरों के घूँघट से झुक-झुक
दशमी का शशि निज तिर्यक् मुख
दिखलाता मुग्धा-सा रुक-रुक!
दो बाँहों से दूरस्थ तीर
धारा का कृश कोमल शरीर
आलिंगन करने को अधीर...

× × ×

वह कौन विहग? क्या विकल कोक
उड़ता, हरने निज विरह शोक
छाया की कोकी को विलोक...

(नौका-विहार)

ये कुछ पंक्तियाँ 'नौका-विहार' कविता के बीच से जगह-जगह से उठायी गयी हैं। सारी कविता की संरचना और शब्द-प्रयोग में एक गहरी अन्विति और संश्लिष्टता है। ऊपर से लग सकता है कि संध्या के समय 'नौका-विहार' का एक वर्णनात्मक चित्र है। निश्चय ही अपनी चित्रमयता में यह अनुपम है, लेकिन यह प्रकृति-वर्णन निश्चल या स्थिर नहीं है—इसमें एक क्षिप्र गति है और रंग और क्रियाशीलता का गहन आकार—जो शब्दों के माध्यम से सिर्फ़ अभिव्यक्त ही नहीं होता, क्रियाशील भी लगता है। सौन्दर्य-रचना की यह क्रियाशीलता निश्चित रूप से सहसा स्तब्ध कर देती है, जब यह बात मन में आती है कि छायावाद-पूर्व की कविता की वर्णनात्मकता और चित्रमयता कितनी स्थूल, निस्पन्द और शिथिल थी।

लेकिन इन उद्धरणों को यहाँ रखने का तात्पर्य केवल इतना ही नहीं है। इस चित्रमयता के भीतर सर्वत्र प्रेम की एक विविध कोणों और कार्य-गतियों वाली भंगिमा और अन्तरकथन गुँथा हुआ है। 'विस्फारित नयनों से कुछ खोजने' में लहरों द्वारा 'लघु दीपों' (तारकों) को अंचल की ओट करके 'लुकने-छिपने' में 'दशमी के शशि का घूँघट से तिर्यक मुख दिखलाने' में, 'कृश कोमल शरीर आलिंगन के लिए अधीर' होने में—हर कहीं शब्द केवल प्रकृति-वर्णन के अंग न होकर एक दूसरे अर्थ की गहरी व्यंजना से संयोजित हैं। अनेक बार आलोचकों ने इसे प्रकृति के मानवीकरण जैसे रटे-रटाए फ़ारमूले में रख दिया है। वास्तव में यहाँ उस अर्थ में प्रकृति के उपादानों में मानवीय क्रियाओं का आरोपण नहीं है। ये दोनों अर्थ सर्वथा पृथक् हैं। 'तीर दो बाँहों' का भी हो सकता है या 'दो बाँहें भी दो किनारे' हो सकते हैं। यहाँ कोई भी प्रसंग गौण अथवा कम महत्त्वपूर्ण नहीं है। दुहरे अर्थों की यह संयोजना सम्पूर्ण हिन्दी कविता में पहली बार इस तरह दृष्टिगत हुई और निश्चय ही पन्तजी की छायावादी काव्य को यह एक महत्त्वपूर्ण देन है। इन दुहरे अर्थ-संयोजनों से पन्तजी की इस काल की

कविताओं में एक विराट और पवित्र-सम्बोधन का स्वर प्रायः मुखर हो उठा है। सम्भवत: इस काल के समस्त काव्य-वैभव को 'सम्बोधन की कविता' कहना उचित होगा। सम्बोधन की यह गरिमा प्रत्येक कविता को एक दूसरे ही स्तर पर वेष्टित करती चलती है, जिसके लिए हम इस काल की कविता को 'अन्तरंगता की कविता' कह सकते हैं। अकेले 'पल्लव' काव्य-संग्रह में ही 'पल्लव', 'विनय', 'वीचि-विलास', 'मधुकरी', 'अनंग', 'मोह', 'वसन्तश्री', 'स्वप्न', 'मुस्कान', 'निर्झर-गान', 'छाया', 'शिशु', 'नारी रूप', 'नक्षत्र', 'सोने का गान', 'निर्झरी', 'जीवन यान', 'बादल', विश्व छवि', 'बालापन', विश्व व्याप्ति', 'याचना' और 'परिवर्तन' जैसी तेईस कविताएँ सम्बोधनात्मक हैं। सम्बोधन से उत्पन्न होने वाले इस वैशिष्ट्य और उसके मर्म का अध्ययन स्वयं अपने-आप में अध्ययन का एक पृथक् विषय है। स्थानाभाव के कारण हम इस पर यहाँ संक्षेप में कुछ विचार करेंगे। यह सम्बोधन वास्तव में सौन्दर्य-सृष्टि के प्रति एक आन्तरिक और व्यक्ति-विशिष्ट संगोपनता की वजह से पैदा हुआ है। सह-सम्पर्क की इस कथन-शैली से सम्पूर्ण कविता का कलात्मक धरातल एक निजी पट पर खुलता है और उसके अर्थ-संकेत अभिव्यक्ति को एक नागरशालीनता, विनम्रता और संकोच से बाँध देते हैं, साथ ही कवि अपनी अभिव्यक्ति और भाव-संवेदना के बीच किसी भी दूसरे अस्तित्व को आने नहीं देता। इससे कविता के कथ्य और उसकी संरचना में एक दूसरे ढंग का सम्प्रेषण और सौन्दर्य उद्भाषित होता है, जो साधारण रूप से सम्भव नहीं हो पाता।

संरचना और कथ्य की यह आत्मीयता श्री सुमित्रानन्दन पन्त की इस काल की कविताओं की एक दूसरी महत्त्वपूर्ण उपलब्धि है, जिसकी ओर आलोचकों का ध्यान अभी तक बहुत कम गया है। सम्बोधन की वे मुद्राएँ एक अजीब-सी निश्छल पवित्रता की अभिव्यक्ति देती हैं। इस तरह की निश्छल पवित्रता, एक संकोच-भरा खुलापन और कुहरीली विनम्रता प्रकृति और प्रेम की इन सारी रचनाओं में द्रष्टव्य है। प्रेम-भावना कहीं पर उच्छृंखल या जड़ या आवेशपूर्ण अथवा स्वार्थ-जनित नहीं है। भावना के उतार-चढ़ाव या थमाव अत्यन्त सजग और साथ ही साथ मंथर हैं। इन कविताओं का उत्ताप एक सुखद उत्ताप है और उनकी शीतलता एक सुखद शीतलता। अपनी सौन्दर्य-सृष्टि की इस विशिष्टता में भी पन्त अकेले हैं जब कि दूसरे छायावादी कवियों में प्रेम-वर्णन और प्रकृति की चित्रमयता का संयोग बहुधा एक आवेश का उद्घाटन करता है। दूसरे कवियों में यह मांसलता निश्चय ही 'इच्छा के निःसंकोच' से जुड़ी हुई है, जब कि पन्त को यह मांसलता इच्छा और कामना के गहरे उत्ताप में एक दृष्टि ढूँढती है और उसे परिशमित करती है। इस प्रेम-वर्णन को कवि और कविता-संरचना की उस आदिम मनोवृत्ति से हम नहीं जोड़ सकते, जिसमें कामना का विध्वंस बहुधा परिलक्षित होता है; बल्कि इस 'रोमांसलता' को हम पवित्र मांसलता के रूप में रख सकते हैं, जिसकी अभिव्यक्ति में निहित सौन्दर्य-चेतना निश्चय ही एक नये प्रकार के संस्कार-युक्त मनुष्य के भावना-पट से उद्भूत सौन्दर्य-दृष्टि से परिचालित होती है।

इस संस्कारपूर्णता को ध्यान में रखकर ही सम्भवत: पन्तजी ने काव्य-रचना के लिए 'परिपूर्ण क्षणों' वाली बात उठायी है। 'परिपूर्ण क्षण' वास्तव में एक अन्तरंग, किन्तु निर्वैयक्तिक दृष्टिबोध से सारी प्रेरणा को संचालित करते हैं, जिसमें कविता एक वैयक्तिक निर्वैयक्तिकता का व्यक्तित्व ग्रहण करती है, दायित्व की यह चेतना ही आगे चलकर कवि पन्त की नयी काव्य-दिशाओं की खोज में प्रस्फुटित होती है। यहाँ यह स्मरण रखना होगा कि दायित्व की यह चेतना संबोधन की उसी अंतरंगता से बँधी हुई है। सम्बोधन की यह अंतरंगता, ऐसा नहीं है कि सन् '३२ या '३५ के बाद पन्तजी की रचनाओं से सर्वथा तिरोहित हो गयी हो, बल्कि उसकी एक सूक्ष्म किन्तु महत्त्वपूर्ण रेखा उनकी बाद की और अधुनातन रचनाओं में भी ढूँढी जा सकती है। उदाहरण के लिए 'द्रुत झरो', 'नव हे', 'बापू के प्रति' (युगान्त); 'कवीन्द्र रवीन्द्र के प्रति', 'श्री अरविन्द के प्रति' (युगान्तर), 'अनामिका के कवि', 'कृष्ण धन' (युगवाणी); 'मज़दूरनी के प्रति', 'वाणी' (ग्राम्या); 'हिमाद्रि' (स्वर्ण किरण); 'कूर्माञ्चल के प्रति', (अतिमा); 'सम्बोधन', 'अगम निवेदन', 'प्रार्थना', (वाणी); 'कला', 'धेनुएँ', देहमान', 'मधुछत्र', 'सहजगति', 'यज्ञ', 'गीतखग', 'पारदर्शी', 'नवीन', 'मूर्धन्य', 'नया देश', 'अनिर्वचनीय' आदि (कला और बूढ़ा चाँद); 'तुम कौन', 'अमर पांथ', 'स्नेह दृष्टि', 'विहंगिनी', 'आश्रय', 'दारु योषित दृष्टि', 'अमर यात्रा', 'भारत नारी', 'उद्‌बोधन' आदि (किरण वीणा); 'जब तुम्हें मैं, प्राण छूता', 'तुम सोने के सूक्ष्म तार-सी', 'तुम नहीं होती', 'सिर से पैरों तक', 'कवि हूँ, प्राण, तुम्हारा', 'तुम अनन्त यौवन लता हो', 'तुम्हें सुनहरी धूप कहूँ', 'दृष्टि मुझे दो प्रिये', 'आओ आओ' आदि (पौ फटने से पहले)। तात्पर्य यह है कि कवि की सम्बोधन अन्तरंगता उसी रूप में अक्षुण्ण है। जिस निर्वैयक्तिक दृष्टि को कविता में पन्तजी ने उपलब्ध किया है, उसे सहज ही लक्षित किया जा सकता है। आलोचकों ने अपने अध्ययन का कोण यहाँ से निर्धारित न कर उनकी कविता की मूल्यवत्ता का निश्चित, ठोस और बृहत्तर आधार खो दिया है। आने वाली पीढ़ियाँ पन्तजी की इस तन्मय, किन्तु संस्कारपूर्ण आकुलता और दृष्टि-बोध को अवश्य ही अपने अध्ययन का माध्यम बनायेंगी।

सौन्दर्य-चेतना से संयुक्त इस काल-खण्ड की कविताओं की भाषा और उनके शिल्प का मूल्यांकन भी अत्यन्त महत्त्वपूर्ण है। सर्वथा एक नयी और एक प्रकार से अनभिव्यक्त भाषा की खोज और उसकी रूप-निर्मिति में पन्तजी ने अथक परिश्रम किया है, बल्कि यों कहना चाहिए कि भाषा को और शब्द को बाह्य विधानों से अन्दर की ओर मोड़ने का काम पन्तजी ने सर्वप्रथम किया। यह शब्द का उसके शरीर को अतिक्रमित करना है, जिसमें शब्द अपने अर्थ को बाहर की ओर न फेंककर अन्दर की ओर लौटता है। एक तरह से यह भाषा के सम्पूर्ण तन्त्र को उलट देने की क्रिया है और निश्चय ही मैथिलीशरण गुप्त की कविता की लोकप्रियता के समक्ष शब्द की समस्त अर्थ-सत्ता को अन्दर की ओर लौटालना एक बहुत ही महत्त्वपूर्ण निर्णय रहा होगा। भाषा की यह अन्तरमुखता सम्पूर्ण काव्य की अन्तरंगता की एक स्थायी माँग से उत्पन्न

हुई होगी और है, जिसका ज़िक्र हम ऊपर कर आये हैं। इसीलिए यह कथ्य या भाव-पट से पृथक कोई चामत्कारिक प्रयत्न नहीं था, जैसा कि कुछ आलोचकों ने अपनी नासमझी-वश कहा है। जब शब्द की अर्थ-सत्ता बाहर की ओर बढ़ने की जगह अन्दर की ओर लौटती है, तो उसका निश्चित परिणाम अभिव्यक्ति की सूक्ष्मता तथा कथन की निगूढ़ व्यंजना होती है। वह निगूढ़ता ही पन्तजी की कविता को एक साथ कई-कई अर्थों से संयोजित करती चलती है। अत: यह निस्संदेह रूप से कहा जा सकता है कि पन्त के लिए भाषा और शिल्प की खोज कथ्य से इतर न रही है, न ही उसका अलग से कवि ने कोई महत्त्व ही प्रतिपादित किया है। यह एकमेकता हर महान कवि में परिलक्षित की जा सकती है—जहाँ भाषा की अर्थ-सत्ता अपने को कथ्य के अन्दर स्वयं रूपायित कर लेती है। कथ्य-परिवर्तन से भाषा अपने-आप बदल जाती है। अर्थ को अन्दर की ओर लौटाने से पन्तजी ने हिन्दी कविता में पहली बार अमूर्त उपमानों, अप्रस्तुत विधानों और लाक्षणिक प्रयोगों को सर्वथा एक नया विधान और सौन्दर्य दिया है। कल्पना की उच्छल चित्रमयता इस सन्दर्भ में द्रष्टव्य है। सम्भवत: इसी को लक्ष्य करके पन्तजी ने कहा है कि ''मैं कल्पना के सत्य को सबसे बड़ा सत्य मानता हूँ।'' ('आधुनिक कवि' की भूमिका)। अन्दर की ओर लौटने से शब्द स्वयं मँजकर सूक्ष्म, कोमल और चिकने हो गये हैं। उनका रंग, आकार और उनकी क्षिप्रता अत्यन्त सौम्य और प्रभावशाली बन पड़ी है। इस अर्थ-व्यंजना में बहुधा अमूर्त लाक्षणिक प्रयोगों को पन्त ने अधिक उपयुक्त समझा है; क्योंकि वे कई-कई अर्थों को एक साथ व्यंजित करने और उसे विचार और चिन्तन के धरातल पर लाने में अधिक सहायक हैं। यहाँ कुछेक उदाहरण देना उचित होगा :—

पछतावे की परछाईं-सी
तुम भू पर छाई हो कौन!
दुर्बलता-सी, अँगड़ाई-सी
अपराधी-सी भय से मौन

(छाया)

हम सागर के धवल हास हैं
जल के धूम, गगन की धूल
अनिल-फेन, उषा के पल्लव,
वारि-वसन, वसुधा के मूल।
धीरे-धीरे संशय से उठ
बढ़ अपयश-से शीघ्र अछोर...
नभ के उर में उमड़ मोह से,
फैल लालसा-से निधि भोर

(बादल)

× ×

वह एक अनन्त प्रतीक्षा
नीरव अनिमेष विलोचन
अस्पृश्य, अदृश्य विभा वह
जीवन की साश्रु-नयन क्षण....

(चाँदनी)

इन तीनों उद्धरणों में अमूर्त प्रयोग देखने योग्य हैं। यह कोई चमत्कारप्रिय दूसरे दर्जे के कवि की उक्तियाँ नहीं हैं। हर अमूर्त उपमान प्रसंग को एक नये अर्थ में ढालता है और उसे एक सर्वथा अपरिचित कोमल और प्रभावपूर्ण परिणति तक ले जाता है। छाया के लिए 'पछतावे की परछाईं' कहना एक साथ दो अमूर्त उपमानों को रखना है। यह निश्चय ही एक कठिन और श्रमसाध्य काव्य-कर्म है। साथ ही कल्पना की भावोच्चता और उसकी विशदता का द्योतक है। इसी तरह आगे और भी अमूर्त अभिव्यक्तियाँ हैं—दुर्बलता, अँगड़ाई। इन उपमानों में छाया तीन भिन्न और परस्पर-विरोधी अर्थों से एक ही साथ संयुक्त है। 'अँगड़ाई' जहाँ स्वास्थ्य, मांसलता और उद्दामता का प्रतीक है, वहीं 'दुर्बलता' कृश होने, दुखी होने और निःसंग होने का। 'पछतावे की परछाईं' में पश्चात्ताप को छुपाने का दुर्लभ मनोवैज्ञानिक चित्रण है। इन तीन अमूर्त उपमानों के बाद सहसा एक मूर्त उपमान है—'भय से मौन अपराधी'। छाया की निश्चलता और निस्पंदता को अभिव्यक्ति देने के लिए, सिर्फ़ चार पंक्तियों के एक छन्द में इतना अन्तः अर्थ-प्रसार चकित कर देता है। विशेषकर तब, जब कि हिन्दी कविता का पाठक और आलोचक मैथिलीशरण गुप्त की 'तदनन्तर बैठी सभा उटज के आगे। नीले वितान के तले दीप बहु जागे।' जैसी सीधी सादी, कथा को आगे ले जाने वाली, बाह्यार्थ-प्रसंग वाली पंक्तियों को पढ़ने और सराहने का आदी हो। इसी तरह 'बादल' और 'चाँदनी' के उद्धरणों में भी हम देख सकते हैं। बादल को 'सागर का धवल हास', 'अनिल-फेन', 'उषा के पल्लव', 'वारि-वसन', 'वसुधा के मूल', 'जल के धूम' या 'गगन की धूल' कहने में उपमानों का सर्वथा एक नया प्रयोग है। इनमें एक मूर्त तो दूसरा अमूर्त है। जैसे 'सागर' मूर्त किन्तु 'हास' अमूर्त, उधर 'अनिल' अमूर्त तो 'फेन' मूर्त, 'ऊषा' अमूर्त तो 'पल्लव' मूर्त—इस तरह यहाँ मूर्त-अमूर्त को एक साथ रखकर तब उपमानों की शृंखला बाँधी गयी है। आगे 'संशय', 'अपयश', 'मोह', और 'लालसा' पूर्णतः अमूर्त उपमान हैं। 'चाँदनी' में 'प्रतीक्षा' और 'साश्रुनयन-क्षण' दोनों 'समय' से ग्रहीत अमूर्त उपमान हैं। इस तरह उपमानों का प्रयोग, उनका चयन, उनकी मिलावट और उनका अर्थ-बन्ध इतना प्रभावशाली बन पड़ा है कि वह पन्त की काव्य-रचना के इस प्रथम-काल को ही उत्कृष्टतम काव्य की कोटि में निस्सन्देह रख देता है। सौन्दर्य-सृष्टि के ये उपादान प्रकृति, जीवन, कर्म, मनोविज्ञान, समय और अन्य अनेक वस्तु और विधाओं से ग्रहण किये गये हैं। इस तरह के शब्दों को विभिन्न क्षेत्रों से ग्रहण कर और उन्हें स्थूल की बजाय सूक्ष्म अर्थों में नियोजित कर पन्तजी ने हिन्दी की सम्पूर्ण शब्द सत्ता और भाषा को एक नया अर्थ-संस्कार दिया है।

इस सम्बन्ध में पन्तजी ने शब्दों की अर्थ-सत्ता और उनके संस्कार और प्रयोग पर 'पल्लव' की भूमिका में विस्तार से प्रकाश डाला है, जो उनकी शब्द-चेतना का प्रमाण प्रस्तुत करता है। पर्यायवाचियों के अर्थ में एक स्पष्ट अन्तर होता है। हर शब्द अपनी जगह पर अकेला है और उसका स्थान उसका कोई भी दूसरा पर्यायवाची नहीं ले सकता; क्योंकि शब्द की एक अपनी इयत्ता और उसका अपना व्यक्तित्व है। वह सिर्फ़ स्थानापन्न होने के लिए नहीं है। शब्द की इस स्वतंत्र अर्थ-सत्ता का प्रतिपादन भी पन्तजी ने ही सर्वप्रथम 'पल्लव' की भूमिका में किया। इसी तरह सम्पूर्ण पुरातन और नवीन हिन्दी बँगला, संस्कृत की छन्द-योजना का भी पन्तजी ने बड़े ही सारगर्भित ढंग से विवेचन प्रस्तुत किया है, लेकिन यह विवेचन भी अपनी कविता या सम्पूर्ण छायावादी भाव-पट के लिए उपयुक्त और अनुकूल छन्द खोजने के लिए ही किया गया है। छन्दों (पुराने) के प्रति या काव्य-शास्त्र और सम्पूर्ण छन्द-शास्त्र के प्रति किसी विद्वेष, विरोध या तिरस्कार-भाव से यह आलोड़न-विलोड़न नहीं किया गया है, बल्कि पन्तजी ने उनमें प्रयोग-धर्मी छन्दों को ढूँढा और उनके प्रयोग को अपनी कविता-रचना के लिए उचित ठहराया है। इस तरह कविता के सम्पूर्ण शिल्प या तन्त्र को भी उन्होंने एक प्रयोग-धर्मी नये धरातल पर प्रतिष्ठित किया है। छन्द-प्रयोग निश्चित रूप से संवेदना के आरोह-अवरोह या उसकी ऊर्ध्वमुखता या अन्तरमुखता के अनुरूप किये गये हैं। मात्राएँ या वर्ण घटा-बढ़ाकर प्रभाव और कथ्य के उतार-चढ़ाव को पन्त ने अत्यन्त सूक्ष्मता से प्रदर्शित किया है। इस तरह सम्पूर्ण हिन्दी की काव्य-रूढ़ि और छन्द-रूढ़ि का या उसकी काव्य-शास्त्रीय अन्ध-दृष्टि का खुले रूप में विरोध करते हुए भी पन्तजी ने छन्द के औचित्य का अन्तरंग और अभिप्रेत अर्थ की अभिव्यक्ति के लिए प्रतिपादन किया है। भावों के उतार-चढ़ाव के लिए छन्द-परिवर्तन का एक ही उदाहरण काफ़ी होगा :—

अहे निष्ठुर परिवर्तन!
तुम्हारा ही ताण्डव नर्तन
विश्व का करुण विवर्तन!
तुम्हारा ही नयनोन्मीलन
निखिल उत्थान पतन।

अहे वासुकि सहस्त्र फन!
लक्ष अलक्षित चरण तुम्हारे चिह्न निरन्तर
छोड़ रहे हैं जग के विक्षत वक्षःस्थल पर!
शत-शत फेनोच्छ्वसित स्फीत-फूत्कार भयंकर
घुमा रहे हैं घनाकार जगती का अम्बर
मृत्यु तुम्हारा गरल दन्त, कंचुक कल्पान्तर

अखिल विश्व का विवर
वक्र कुण्डल
दिङ्मडल!

परिवर्तन के इस तथ्य-कथन से अत्यन्त शान्त या वेदनायुक्त निर्वेद भाव से कविता शुरू होती है, लेकिन भय, विनाश और विकरालता का चित्रण आते ही छन्द में मात्राओं का प्रसार हो जाता है। फिर कथ्य-कथन पर आते-आते एक हताश-से परिणाम पर पहुँचकर छन्द संकुचित होकर केवल एक शब्द में सिमट आता है। इस तरह पन्तजी की इस काल की कविता शिल्प-तंत्र, भाषा, शब्द, लय और कथ्य की एकान्विति में सम्पूर्णतः गुँथी हुई है और उनमें से कोई एक अलग से लाया गया अथवा आरोपित नहीं लगता। कविता की यह सफलता अप्रतिम है और कालिदास के 'वागर्थाविव सम्पृक्तौ' को सार्थक करती है। काव्य-रचना की इसी सफल नियोजना पर ही पन्त की कविता का अगला विकास और परिवर्तन सम्भव हो सका है।

(४)

पन्तजी की सृजन-प्रक्रिया की इस वैभवमयी सौन्दर्य-चेतना में ही उनकी बौद्धिक चेतना के बीज छिपे हुए हैं, जिसके फलस्वरूप उनके काव्य-विकास का अगला चरण एक नितान्त नया रूप लेता हुआ दृष्टिगोचर होता है। पन्तजी ने 'पल्लव' की एक कविता में एक पंक्ति लिखी है—'वत्स, जग है अज्ञेय महान' (शिशु)। पन्तजी के काव्य-विकास के अगले शिखरों का सूक्ष्म संकेत इस एक पंक्ति में ही हमें मिल जाता है। उसकी आगे की कविता में संसार की इस 'अज्ञेयता' का अन्त होता है और 'महानता' अक्षुण्ण रहती है। वस्तुतः सन् '३५ के बाद की समस्त कविता के लिए कहा जाता है कि वह कवि की विराट् पारदर्शिनी दृष्टि-सत्ता के नीचे अपने सम्पूर्ण 'ज्ञेय' और 'महान' रूप में संयोजित हुई है। वहाँ वह 'रहस्' नहीं है, वह 'अजानपन' नहीं है, वह ललक नहीं है—जो 'पल्लव' काल तक की सम्पूर्ण चेतना पर छायी हुई है। एक आत्म-प्रबोध है। यह 'आत्म प्रबुद्धता' ही पन्तजी की कविता के इस नये परिवर्तन को सूचित करती है, जिसके भीतर से कवि इस देश और इस संस्कृति की निरीहता और दैन्य-भरी जड़ता को पहचानता और आत्मसात करता है। कविता के इस नवीन संचरण के संकेत वैसे पन्तजी की 'परिवर्तन' शीर्षक कविता में ही मिलने लगते हैं। अनित्य से नित्य की ओर बढ़ने का क्रम, भावनात्मकता से बौद्धिकता का संघर्ष और अन्दर से बाहर की ओर कवि के भाव-पट का फैलाव। एक तीव्र असंतोष अपनी पिछली काव्योपलब्धियों के प्रति झलकने लगता है। कवि पन्त ने एक स्थान पर कहा—"अपने भीतर मुझे अधिक नहीं मिला...।" ('रश्मिबन्ध' की भूमिका)। यह 'अपने भीतर' से बाहर की ओर उन्मुख होने की प्रक्रिया या अनित्यता में 'नित्यता' का अनुसंधान, जिसके आगे चलकर कवि को 'परिवर्तन' जैसी कविता 'एकमात्र भावोच्छ्वास'-सी लगने लगी, ये दोनों ही बातें कवि को धीरे-धीरे लोकोन्मुखी बनाती हैं। अपने इस लोकोन्मुखता को पन्तजी ने नवीन परिस्थितियों के 'विकसित सत्य' की

संज्ञा दी है और अपने इस काम के सम्पूर्ण प्रयत्न को इसी विकसित सत्य को वाणी देने का प्रयास कहा है। वस्तुतः यह सम्पूर्ण प्रयत्न एक शुद्ध सौन्दर्य-चेतना के काव्य से बौद्धिक चेतना की काव्य-भूमि में एक प्रवेश है। जैसा कि इस विश्लेषण के प्रारम्भ में ही कहीं हमने कहा है कि पन्तजी का समस्त काव्य चेतना के विभिन्न आयामों और विकासोन्मुखी संस्कृति की सृष्टि का काव्य है। इस परिवर्तन को अकसर मार्क्स, अरविन्द या ऋग्वैदिक दर्शन के प्रभाव के फलस्वरूप आया हुआ परिवर्तन कहा गया है। यह एक बहुत बड़ी आलोचना सम्बन्धी भ्रान्ति है, जो अकसर पन्त-काव्य के आलोचकों में देखने को मिलती है। वस्तुतः यह कवि की सतत जागरूक चेतना और समृद्ध अनुभव-सम्पदा का फल है। पन्तजी ने हमेशा नयी भाव-भूमियों को आत्मसात करके उन्हें अपनी कविता में मुखर किया है। वस्तुतः इन सारे प्रयत्नों में कविता कहीं खण्ड-खण्ड नहीं हुई है; बल्कि इसकी जगह एक अत्यन्त सूक्ष्म संगति सर्वत्र मिल जाती है। प्रभावों सम्बन्धी इन आरोपों के सम्बन्ध में कवि पन्त के कुछ निराकरण द्रष्टव्य हैं:—

(१) ''मेरा काव्य प्रथमतः इस युग के महान संघर्ष का काव्य है। जो लोग युग-संघर्ष तक ही सीमित रखकर उसे केवल बाहरी राजनीतिक, आर्थिक स्तरों पर ही देख सकते हैं, उनकी बात मैं नहीं करता...। आज के विराट मानवीय संघर्ष को वर्ग-संघर्ष तक ही सीमित करना विगत युगों की वर्ग-चेतना तथा ऐतिहासिक अंधकार की एक हिंस्र प्रतिक्रिया मात्र है...। उन अर्थों में मार्क्सवादी मैं कभी नहीं रहा।''

(२) ''मुझमें यह दृष्टिकोण (यथार्थ का आग्रह) परिवर्तन-प्रेम के कारण नहीं, किन्तु भावात्मक आवश्यकता के कारण ही सम्भव हो सका...।''

(३) ''अरविन्द की साधना-पद्धति आत्म-मुक्ति सम्बन्धी न होते हुए भी 'सामूहिक-मुक्ति' की नहीं है।''

(४) ''मेरी प्रेरणा के स्रोत निस्संदेह मेरे भीतर रहे हैं जिन्हें युग की वास्तविकता ने खींचकर समृद्ध बनाया है।''

(५) ''...न मुझे यही लगता है कि दर्शन द्वारा मनुष्य सत्य की प्राप्ति कर सकता है। ये (विचार-सार) केवल मेरे कवि मन के प्रकाश-स्फुरण अथवा भाव-प्रारोह हैं जिन्हें मैंने अपनी रचनाओं में शब्द-मूर्त करने का प्रयत्न किया है।''

निश्चय ही किसी भी कवि को अपनी प्रेरणा और भाव-सम्पदा सम्बन्धी स्रोतों पर वक्तव्य देने की आवश्यकता तभी पड़ी होगी जब उसकी प्रेरणा-भूमि और रचना-प्रक्रिया को लगातार कसौटियों पर कसा जा रहा होगा। पन्तजी के साथ पिछले दो दशकों (और उसके पूर्व भी) में लगातार ऐसा होता आया है, इसका साक्षी आज का प्रत्येक जागरूक काव्य-मर्मज्ञ है। 'उस अर्थ' (संकीर्ण अर्थ) में 'मार्क्सवाद' को अस्वीकार करना या मानव-संघर्ष को वर्ग-संघर्ष तक सीमित करके ही देखने को एक सीमित दृष्टि कहना निश्चय ही पन्त के स्वतंत्र-चेतन व्यक्तित्त्व का साक्षी है, जो किसी भी आन्दोलन या 'वाद' में बँधकर चलने का कायल नहीं होता। यहीं पर पन्तजी ने

अरविन्द की साधना-पद्धति से भी अपना मत-वैभिन्न्य प्रकट किया है, क्योंकि उसमें 'सामूहिक-मुक्ति' (या सामूहिक-रचना) की प्रेरणा कवि को नहीं दिखायी देती। इसी तरह 'दर्शनज्ञ' होने से इनकार और कविता को शुष्क दार्शनिक सूक्तियों से अधिक महत्त्व देने की धारणा भी एक नितान्त मौलिक कवि व्यक्तित्व की सूचना देती है। आलोचना-सम्बन्धी इन भ्रांतियों का निराकरण सिर्फ़ कवि की इन उक्तियों से ही नहीं होता, बल्कि स्वयं उनके आगे की सारी कविता, समय-समय पर बनायी गयी कविता-सम्बन्धी अधिकांश धारणाओं, परिभाषाओं और आन्दोलनों को काटती चलती है, सिर्फ़ काटती ही नहीं चलती, अपनी इस सतत विद्रोहशीलता में भी वह काव्य-गुण-सम्पन्न है, कलात्मक क्षति से रहित है और कवि की उपलब्धि के अग्रिम सोपान उसमें यथा-स्थान झलकते चलते हैं और अन्ततः वह अपने लिए एक सर्वथा नयी परिभाषा और मूल्यांकन-दृष्टि की माँग करती है, जिसे ठुकराना आज किसी भी ईमानदार आलोचक के लिए लगभग असम्भव है।

इस काल की कविता को बौद्धिक चेतना का काव्य कहने के पीछे एक अत्यन्त महत्त्वपूर्ण कारण और है। इस बौद्धिक चेतना ने उन्हें निराशावादी या सन्देहवादी होने से बचाया जिससे इस काल के अधिकांश बड़े और महत्त्वपूर्ण कवि उबर नहीं सके, जबकि निराशावादी या सन्देहवादी होने की संभावना लोकोन्मुखी होने से ज़्यादा थी। एक तो इस कारण कि पन्तजी ने शुरू से ही प्रगतिवाद के सैद्धान्तिक और अति-आशावादी पक्ष का विरोध किया या उसे अपनाने से इन्कार कर दिया, जो वर्ग-चेतना के आधार पर सर्वहारा का सुनहरा भविष्य देखने का आग्रह करता है, क्योंकि भारतीय सर्वहारा या जन-समूह की यथार्थ स्थिति अत्यन्त रुग्ण, असहाय, जड़तापूर्ण और दयनीय थी, लेकिन इस बौद्धिक चेतना के सशक्त आग्रह ने उनकी कविता या उनके विचारों को निराशा या निपट सन्देह के गर्त में गिरने से बचा लिया। हालाँकि इस बचाव में पन्त ने कहीं भारतीय जन-समूह के नग्न यथार्थ का पल्ला नहीं छोड़ा है:—

ज्ञान नहीं है, तर्क नहीं है, कला न भाव-विवेचन
जन है, जग है, क्षुधा-काम इच्छाएँ जीवन साधन

(ग्राम्या)

यहाँ पर ज्ञान, तर्क, कला, भाव-विवेचन की निस्सारिता या 'जन, जग और क्षुधा-काम' के आगे उनकी गौण स्थिति की परिकल्पना के बावजूद सारी उक्ति में कहीं पर भी विमूढ़ नैराश्य नहीं झलकता, बल्कि—'जन है, जग है' में एक स्थितप्रज्ञ यथार्थ की गहन अभिव्यक्ति खुलकर सामने आती है और पूरी कविता में वह महत्त्वपूर्ण बन जाती है। 'जन' और 'जग' की महत्ता का यही प्रतिपादन उनकी आगे की सम्पूर्ण कविता में प्रकारान्तर से हुआ है। दोनों की स्थिति उनकी आगे की समस्त काव्य-रचना में सर्वोपरि है। इसी को आगे चलकर कवि ने भू-चेतना और सूक्ष्म-चेतना के रूप में विकसित किया है और एक सर्वांगीण लोक-मंगलवाद की परिकल्पना अपने महाकाव्य 'लोकायतन' में की है।

पन्तजी की इस काल-खण्ड की कविता के मुख्यत: दो सोपान हैं। प्रथम सोपान 'युगान्त' से शुरू होकर 'युगवाणी' और 'ग्राम्या' में जाकर पूर्ण हो जाता है और दूसरा सोपान 'स्वर्ण-किरण' से शुरू होकर 'स्वर्णधूलि', 'अतिमा', 'सौवर्ण' और 'वाणी' में जाकर सम्पूर्ण हो जाता है। स्मरण रहे कि यह विभाजन भी नितान्त अध्ययन-सुविधा के लिए किया गया है, क्योंकि एक विशेष काव्य-मुद्रा एक विशेष सोपान में अधिक गहराई से सम्पन्न होती दिखाई पड़ती है। 'युगान्त' की अधिकांश कविताएँ कवि की तीखी भाव-चेतना के परिवर्तन का सकेत देती हैं। यह परिवर्तन वस्तुवादी चेतना के प्रति अधिक आग्रहशील दिखता है। इसमें एक उद्दाम आशा और क्रान्ति की तीव्र इच्छा के दर्शन एक साथ होते हैं। पन्तजी ने जिसे बौद्धिक अनास्था का अतिक्रमण कहा है, वह वही लोकमंगल की सनातन इच्छा है जिसके अन्दर से उनकी कविता में एक समग्र एकसूत्रता खोजी जा सकती है। भाषा, अलंकरण और कथन की भंगिमा भी पूर्णत: परिवर्तित न होने के बावजूद उसमें एक दूसरे प्रकार की स्पष्टता और अभिधात्मकता का प्रसार झलकता है। 'पतझर' अथवा 'गा कोकिल' जैसी कविताएँ इस मन:स्थिति के संकेत रूप में उदाहृत की जा सकती हैं। इन कविताओं में और 'युगान्त' की अधिकांश रचनाओं में प्रत्येक कविता अधिकांशत: काव्य की दृष्टि से दो भागों में विभक्त है। पहला भाग क्रान्ति या पुरातन की परिसमाप्ति या जीर्ण-शीर्ण के अन्त की एक तीव्र कामना को अभिव्यक्त करता है, तो दूसरा भाग उस विनाश की पृष्ठभूमि पर नव-निर्माण का संकेत देता है। यहाँ दो उदाहरण द्रष्टव्य हैं:—

१ :

दुत झरो जगत के जीर्ण पत्र
हे स्त्रस्त-ध्वस्त! हे शुष्क शीर्ण—
निष्प्राण विगत-युग! मृत विहंग
जग नीड़, शब्द औ' श्वास-हीन
च्युत, अस्त-व्यस्त पंखों से तुम
झर-झर अनन्त में हो विलीन—
कंकाल-जाल जग में फैले
फिर नवल रुधिर पल्लव लाली
प्राणों की मर्मर से मुखरित
जीवन की मांसल हरियाली

(पतझर)

२ :

गा कोकिल, बरसा पावक कण
नष्ट-भ्रष्ट हो जीर्ण पुरातन—
झरे जाति-कुल; वर्ण-पर्ण धन—
व्यक्ति-राष्ट्र-गत राग-द्वेष-रण—
झरें-मरें विस्मृत में तत्क्षण—

गा कोकिल, गा, मत कर चिन्तन—
पावक पग धर आये नूतन
हो पल्लवित नवल मानवपन—
गा कोकिल, मुखरित हों दिशि क्षण—।

(गा कोकिल)

पुरातन के अन्त और नवयुग की इसी निर्माण-भूमि पर 'युगवाणी' और 'ग्राम्या' की रचना हुई है। यह 'अंत' और 'नव-निर्माण'—दोनों ही—बहुत हद तक प्रतीकात्मक हैं। यह अन्तर केवल विषयगत ही नहीं है। यह अन्तर विषय-वस्तु शिल्प, भाषा-तंत्र, अर्थ-प्रसार, लय-परिवर्तन के साथ ही कवि की सम्पूर्ण मनोभूमि का अन्तर है। यह अपने पिछले काव्य-निर्माण के भीतर धीरे-धीरे प्रविष्ट होती हुई उस 'बौद्धिक अनास्था' को निराकृत करने का प्रयास है और इसका संपूर्ण निराकरण 'युगवाणी' और 'ग्राम्या' की कविताओं में हुआ है। पन्त के काव्य में प्रसूत होती हुई इस वस्तुवादी चेतना का संपूर्ण परिवेश भारतीय है। निश्चय ही 'ग्राम्या' की कविताएँ पंतजी के सारे प्रयासों में अप्रतिम हैं। उनकी सहजता, अनुभवगत सक्षमता और यथार्थ का गहरा, सर्व-सुलभ और यथातथ्य चित्रण सहसा चकित कर देते हैं। व्यंजना की अन्यतम गहराइयों में प्रवेश करके अर्थों की अनेक दिशाएँ संकेतित करने वाले कवि का अभिधा के सीधे-सादे वर्णनात्मक धरातल पर उतर आना निश्चय ही उस वक्त काव्य पाठकों और आलोचकों को विचित्र लगा होगा, लेकिन यह अभिधात्मकता मैथिलीशरण गुप्त या द्विवेदी-युग के दूसरे कवियों की अभिधात्मकता नहीं है। इस अभिधात्मकता में सरलता की एक अनुपम व्यथा है। यह कथ्य की माँग के कारण उद्भूत हुई है और अपने ढंग से सम्पूर्णत: काव्य-गुण सम्पन्न है। एक स्थान पर पन्तजी ने लिखा है कि 'नये जीवन-मूल्यों को समोने के लिए', 'युगान्त' की कलात्मक क्षति उन्हें सहर्ष स्वीकार्य है। सम्भवत: जिस कलात्मक क्षति की बात पन्तजी ने की है, वह उनकी पिछली काव्योपलब्धियों की कलात्मक पूर्णता ही होगी। हमारे ख़याल में पन्तजी की कविता के प्रथम सोपान की कलात्मकता जिस तरह सम्पन्न और समृद्ध लगती है, उसका मूल कारण उस काव्य-रूप की शिल्पगत अर्थगत माँग है। 'ग्राम्या' या 'युगवाणी' या आगे आने वाली रचनाओं के लिए वह कलात्मक पूर्णता निश्चय ही उचित नहीं पड़ती। 'ग्राम्या' या 'युगवाणी' का काव्य-सौन्दर्य उसके यथार्थ की व्यथा में अंकित है। पहली बार भारतीय जन-समूह को इतने निकट से और इतनी निर्मम तटस्थता से देखने का प्रयास सम्पूर्ण भारतीय कविता में हुआ है। रवीन्द्रनाथ की कविता 'पुरातन भृत्य' उस जन-समूह का एक व्यथा-भरा चित्रण तो अवश्य करती है, लेकिन वह अधिकांश में संस्मरणात्मक है और साथ ही भाषा और अभिव्यक्ति के अवसर पर रवीन्द्रनाथ की अन्य सारी कविताओं की तरह एक ओज-भरे ऐश्वर्य से अनुप्राणित है। 'ग्राम्या' की कविताएँ अभिव्यक्ति और भाषा या शिल्प-तंत्र के स्तर पर इस तरह के ओज-भरे ऐश्वर्य का निराकरण करती हैं। इस तरह कथ्य के अनुरूप ही

पन्तजी ने एक नयी भाषा, शिल्प-तंत्र और प्रणाली का आविष्कार किया है। रचना विधान के सम्पूर्ण अन्तर को नदी पर लिखी गयी दो कविताओं के उदाहरणों से स्पष्ट किया जा सकता है। दोनों ही कविताएँ 'काला काँकर' की गंगा से सम्बद्ध हैं। लेकिन मनोभूमि का उपर्युक्त अन्तर किस तरह सम्पूर्ण भाव-पट को बदलने में समर्थ है—यह साफ़ दिखाई पड़ता है। सारी कथन की भंगिमा, भाषा, शिल्प-तंत्र, अर्थ-समाहार और रचना-प्रणाली पृथक-पृथक है। पहली कविता पन्तजी के छायावाद-काल के सम्पूर्ण ओज से अनुप्राणित है, तो दूसरी यथार्थ की व्यथा से भरी हुई। पहली कविता है 'नौका-विहार' और दूसरी है 'गंगा'। प्रस्तुत सन्दर्भ में यहाँ पर दोनों उदाहरण अनुचित न होंगे—

१ : **शान्त स्निग्ध ज्योत्स्ना उज्ज्वल**
अपलक अनन्त नीरव भूतल।
सैकत-शय्या पर दुग्ध-धवल, तन्वंगी गंगा ग्रीष्म-विरल
लेटी है श्रान्त, क्लान्त, निश्चल।
तापस-बाला गंगा निर्मल, शशिमुख से दीपित, मृदु करतल
लहरें—उन पर कोमल कुंतल।
गोरे अंगों पर सिहर-सिहर, लहराता तार-तरल सुन्दर
चंचल-अंचल-सा नीलाम्बर
साड़ी की सिकुड़न-सी जिस पर, शशि की रेशम विभा से भर
सिमटी है, वर्तुल, मृदुल लहर...।

(नौका-विहार)

२ : **यह भौगोलिक गंगा परिचित**
जिसके तट पर बहु नगर प्रथित
इस जड़ गंगा से मिली हुई
जन-गंगा एक और जीवित।...
वह गंगा, यह केवल छाया
वह लोक चेतना, यह माया
यह आत्मा-वाहिनी ज्योति सरी
यह भू-पतिता, कंचुक काया।—

(गंगा)

'युगवाणी' और 'ग्राम्या' की अधिकांश कविताओं में ग्राम-जीवन का विरूप सौन्दर्य प्रस्फुटित हुआ है। उसका नग्न, कँपा देने वाला यथार्थ उसके अन्दर का असहाय दैन्य जीवन और उस विरूपता के अन्दर फूटते हुए अकृत्रिम सौन्दर्य,

निश्छलता और पवित्रता—इन सभी का चित्रण इन कविताओं में हुआ है। कवि के अन्दर कहीं भी अनुभव के प्रति आसक्ति नहीं झलकती। इसमें अतिशयोक्ति या आदर्श की जगह यथातथ्यता का वातावरण ज्यादा मुखर है। कहीं-कहीं अपने और उस ग्राम-जीवन के बीच की खाई का अद्‌भुत चित्रण पन्तजी ने किया है। जैसे—'काली नारकीय छाया निज छोड़ गया वह मेरे भीतर।' लेकिन साथ ही इस कथन में मार्क्सवादी अथवा तथाकथित प्रगतिवादी सिद्धांतों के अस्वीकार की ध्वनि भी है, जो पन्त के मौलिक, स्वतन्त्र व्यक्तित्व का प्रमाण है। किसी भी तथाकथित प्रगतिवादी कवि के लिए यह पंक्ति पूरी कविता को सम्भवत: व्यर्थ करने वाली साबित होती, लेकिन पन्तजी की अनुभूति की ईमानदारी और यथार्थ की तीखी वेदना यहाँ स्पष्ट है जिसके वशीभूत होकर कोई भी मौलिक कवि किसी भी सिद्धांत या 'वाद' से ऊपर उठता है। सम्भवत: इसी को पन्तजी ने 'कलात्मक न्याय' ('चिदम्बरा' की भूमिका) की संज्ञा दी है। यह कलात्मक न्याय 'ग्राम्या' और 'युगवाणी' के मूल में हर जगह व्याप्त है। निश्चय ही, जैसा कि कवि ने कहा है—यह इन रचनाओं के मूल में है। 'बापू', 'नव संस्कृति', 'दो लड़के', 'वह बुड्ढा', 'कहारों का नृत्य', झंझा में नीम', 'ग्राम युवती', 'चींटी', 'ग्रामश्री', 'खिड़की से', 'धोबियों का नृत्य', 'वे आँखें' आदि कविताएँ पन्त-काव्य की अप्रतिम उपलब्धि हैं। चित्रण और ध्वनि और वातावरण की यथार्थता और सहजता यहाँ देखने लायक है:—

खड़ा द्वार पर लाठी टेके
वह जीवन का बूढ़ा पंजर,
सिमटी उसकी सिकुड़ी चमड़ी
हिलती हड्डी के ढाँचे पर।
उसका लम्बा डील-डौल है
हट्टी-कट्टी काठी चौड़ी,
इस खँडहर में बिजली-सी
उन्मत्त जवानी होगी दौड़ी!

बैठी छाती की हड्डी अब
झुकी पीठ कमठा-सी टेढ़ी,
पिचका पेट, गढ़े कंधों पर
फटी बिवाई से है एड़ी।

बैठ टेक धरती पर माथा
वह सलाम करता है झुककर
इस धरती से पाँव उठा लेने को
जी करता है क्षण भर।...

पिछले पैरों के बल उठ
जैसे कोई चल रहा जानवर
पैशाचिक सा कुछ, दुःखों से
मनुज गया शायद उसमें मर

(वह बुड्ढा)

बीच-बीच से लगभग आधी कविता उद्धृत करने का कारण यह है कि यह कविता 'युगवाणी', 'ग्राम्या' की काव्य-मनोभूमि का अप्रतिम उदाहरण है। अभिधा के अंदर गुँथी हुई सहजता, व्यथा का अपार सौंदर्य और विषयानुकूल शब्द-चयन यहाँ दर्शनीय है, 'पंजर', 'डील-डौल', 'हट्टी-कट्टी', 'कमठा', 'पिचका' आदि शब्द छायावादी मनोभूमि से बिलकुल अलग और ऊपर से देखने पर लगभग मात्र गद्य के शब्द लगते हैं और हैं भी! लेकिन विषय के अनुकूल उनका प्रयोग अप्रतिम है और एक साकार चित्र उपस्थित करने में सर्वथा सक्षम है, साथ ही उसमें प्रगतिवाद का सिद्धांतीकरण नहीं है। जिस धरती पर इतने समृद्ध अतीत (बिजली सी उन्मत्त जवानी) वाला मनुष्य झुककर थोड़े से अन्न के दानों या पैसों के लिए सलाम करता है और फिर जानवर की तरह अपनी टेढ़ी-मेढ़ी टाँगों पर उठकर चल देता है, उस धरती से 'पैर उठा लेने' को जी करता है। 'पैर उठा लेने' की अभिव्यक्ति और अर्थ दोनों ही बेजोड़ हैं। एक गहरे, दुःख-बोध के भाव से यह कहना कि यह पृथ्वी मनुष्य के रहने लायक नहीं है। वह मनुष्य को पिशाच अथवा जानवर बनने पर बाध्य करती है। धरती के प्रति, धरती को कविता लिखते हुए यह विवशताजन्य गहरी वेदना 'युगवाणी' और 'ग्राम्या' की अधिकांश कविताओं की रचना-मनोभूमि है। निश्चय ही पन्तजी की सारी रचनाओं में 'ग्राम्या' अपने काव्य-बोध के नये स्तर और अभिव्यक्ति की सहज गहराई के कारण बहुत दिनों तक याद रखी जायेगी और धीरे-धीरे उसका स्थान और अधिक महत्त्वपूर्ण होता जायेगा।

पन्तजी के इस द्वितीय उत्थान की काव्य-रचना का द्वितीय सोपान 'स्वर्ण-किरण' से चलकर 'वाणी' ('स्वर्णकिरण', 'स्वर्णधूलि', 'अतिमा', 'वाणी', आदि) में सम्पन्न होता है। यह परिवर्तन फिर एक नये प्रकार के भाव-पट की सूचना देता है। कवि की अनुभूति वस्तु-जगत को समेटती हुई उस बौद्धिक चेतना से ऊपर उठकर एक सूक्ष्म अतिमानवीय चेतना को ग्रहण करती लगती है। इस परिवर्तन के पीछे भी कवि की वही व्याकुलता और अनुभूति का अपार असंतोष और प्रसार कारण हैं। लेकिन उसमें भी एक संगति है। अर्थात वह भी सकारण है। शुद्ध भावात्मक काव्य की जगह विचारात्मकता का यह आग्रह पन्तजी के लिए नया नहीं है। उसके सूत्र 'गुंजन' या 'युगान्त' की कविताओं या 'पल्लव' की 'शिशु' और 'मौन निमंत्रण' तथा 'परिवर्तन' जैसी लम्बी कविता में आसानी से ढूँढे जा सकते हैं, लेकिन यह आग्रह शुद्ध विचार-काव्य का ही आग्रह नहीं है। उसमें चिंतन के अन्तराल हैं, जहाँ कविता के माध्यम से अंदर की कर्मण्यता और काव्य-समृद्धि तथा संस्कारों की गहन संवेद्यता अनायास ही

प्रकट होती चली है। 'ग्राम्या' और 'युगवाणी' की वस्तुवादी मनोभूमि के अन्दर से उत्पन्न 'तथ्य' या यथार्थ की गहरी वेदना का स्थान यहाँ एक शान्त, निर्मल, आस्थाशील और निर्माणोन्मुख सक्रियता ने ले लिया है। यह सक्रियता ऊपर से जितनी ही शान्त और विरल दिखती है, अन्दर से उतनी ही गहन और ठोस है। यहाँ 'युगान्त' का 'क्रान्तिकारी' मन फिर 'विकासकामी' और 'निर्माणकामी' हो उठता है। यहाँ से प्रतिक्रिया और बाहरी छटपटाहट शेष होनी शुरू हो गयी है और उसकी जगह एक गहरी उद्बुद्ध दृष्टि ने ले ली है। वह अंतर-उद्बोधन ही 'स्वर्णकिरण', 'स्वर्णधूलि', 'अतिमा' और 'वाणी' की कविताओं का मूल उपादान है। भाषा और शिल्प-तन्त्र में सहजता वर्तमान है। शब्द-चयन में शब्द-कोश की परिधि बढ़ गयी और 'मनश्चूड़' से लेकर अलंकार-रहित शब्दों का प्रयोग एक साथ ही किया गया है। कहा जा सकता है कि यहाँ से पन्तजी की कविता की मनोभूमि उस द्रष्टा की मनोभूमि बन जाती है जिसके लिए वेदों में 'ऋषि' शब्द का आख्यान किया गया है।

जिस तरह 'युगान्त', 'युगवाणी', और 'ग्राम्या' की कविताएँ 'पल्लव' और 'गुंजन' के कवि की लेखनी से कुछ पूर्वाग्रही पाठकों एवं आलोचकों की अवास्तविक एवं चौंकाने वाली लगी थीं, उसी प्रकार 'स्वर्णकिरण', 'स्वर्णधूलि', 'अतिमा' और 'वाणी' की कविताएँ भी कुछ लोगों को 'ग्राम्या' के कवि की लेखनी से अस्वाभाविक लगी थीं। वह विवादास्पदता आज भी बनी हुई है। जैसा कि हम प्रारम्भ में ही कह चुके हैं, ऐसा इसीलिए है कि कवि के सतत विकासशील अनुभव-उपादानों के साथ पाठक या आलोचक का मन-मस्तिष्क विकसित नहीं हो पाता और न ही सामंजस्य ही बिठा पाता है। यह विवादास्पदता अनेक अर्थों में श्रेष्ठ कोटि की रचना-मौलिकता का पर्याय है, लेकिन सवाल इस विवादास्पदता का नहीं, इस सोपान की कविता के विश्लेषण का है। क्या यह मंथर और ठोस और शान्त क्रियाशीलता, क्या यह आत्म-बोध और द्रष्टा होना पन्त की कविता को अध्यात्म के पुराने दायरे में खींच ले जाता है? ऐसा अनेक बार कहा गया है; किन्तु ऐसा नहीं। यह अध्यात्म या निर्गमन की कविता नहीं है। यह निर्वाण की कविता न होकर समन्वय और सार्थकता और निर्माण की कविता है। इस सोपान की काव्यभूमि बहिर्गमन और अन्तर्गमन के रास्तों को अनुभव के विराट् और प्रकाशवान धरातल पर एक ही जगह मिलाती है। किसी निष्क्रिय कल्पना लोक की अपेक्षा इन कविताओं में एक भरा-पूरा ठोस संसार है। यह अवश्य है कि यह संसार मात्र दृष्टिगोचर संसार ही न होकर दृष्टि-बोध का बृहत्तर किन्तु यथार्थ संसार भी है। दृष्टि-बोध के इसी बृहत्तर संसार ने अकसर आलोचकों और पाठकों को भ्रम में डाल दिया। इस 'सूक्ष्म-चेतना' का विकास पन्त की उस 'सौन्दर्य-चेतना' और 'बौद्धिक-चेतना' के क्रम में है, जिसके अन्दर से उनकी पिछली कविताएँ निःसृत हुई हैं। कविता की समग्र मनोभूमि उसी लोक-मंगल की कामना से अन्तर्ग्रसित है, जो पन्तजी की सम्पूर्ण कविता का एक अन्तःसंगम उपादान है। अनुभव का प्रसार यहाँ पहले की अपेक्षा बहुत अधिक है। अगर एक ओर 'हिमाद्रि', 'आज़ाद, 'सावन', 'आ:

धरती कितना देती है' जैसी कविताएँ हैं तो दूसरी ओर 'भारत-माता', 'मुक्तिबंधन' और 'जिज्ञासा' जैसी कविताएँ हैं और तीसरी ओर 'कौवे', 'द्वा सुपर्णा', 'इन्द्रधनुष', 'स्वर्णोदय', 'आत्मिका', 'फूलों का देश', 'व्यक्ति और विश्व', 'स्वर्ण निर्झर', 'सविता', 'अग्नि', 'काल अश्व' और 'अन्तर्गमन' जैसी सर्वथा नये प्रकार की कविताएँ भी हैं। फिर 'प्रणयाकांक्षा', 'रस-स्रवण', 'आवाहन' और 'मर्म कथा' जैसे मधुर और नये गीत भी हैं। भाषा और शिल्प-तन्त्र में भी अनेकमुखी प्रयोग यहाँ मिलते हैं। एक ओर 'सौवर्ण' और 'रजत शिखर' जैसे काव्य-रूपकों में कवि ने अपने विचारों और अनुभव की अनेकमूल गहराइयों को वाणी देने का प्रयत्न किया है, तो दूसरी ओर 'मर्म कथा' जैसे सुमधुर गीतों की रचना की है और तीसरी ओर 'हिमाद्रि' या 'आत्मिका' जैसी वर्णन-प्रधान आत्मचरितात्मक रचनाएँ हैं, साथ ही 'आ: धरती कितना देती है' और 'भारत माता' का शिल्प, रूप-गठन और सहजता 'ग्राम्या' की अनेक कविताओं की याद दिला देती है। यहाँ कुछ उदाहरण हमारी इस धारणा को पुष्ट करने के लिए देने उचित होंगे, यथा—

१ : **बाँध दिये क्यों प्राण—प्राणों से।**
तुमने चिर अनजान—प्राणों से।
गोपन रह न सकेगी
अब यह मर्म-कथा
प्राणों की न रुकेगी
बढ़ती विरह-व्यथा
विवश फूटते गान—प्राणों से।
बाँध दिये क्यों प्राण—प्राणों से।

(मर्म-कथा)

२ : **खेतों में फैला है श्यामल**
धूल भरा मैला-सा आँचल
गंगा-जमुना में आँसू-जल
मिट्टी की प्रतिमा उदासिनी।
भारतमाता ग्रामवासिनी।

(भारतमाता)

३ : **फूलों से लद गये दिशा-क्षण**
भारत अम्बर गुंजन
पुलकों में हँस उठा सहज मन।
निर्झर करते गायन।

(शोभा क्षण)

४ : देख रहा मैं बरफ़ बन गया, बरफ़ बन गया,
बरफ़ बन गया, पथराकर, जमकर, युग-युग का
मानव का चैतन्य शिखर, नीरव एकाकी
निष्क्रिय, नीरस, जीवन-मृत—सब बरफ़ बन गया।

(सौवर्ण)

५ : एक टाँग पर उचक खड़ी हो
मुग्धा वय से अधिक बड़ी हो...
आँगन के बाड़े पर चढ़कर
दारु-खम्भ को गलबाँही भर
कुहनी टेक कँगूरे पर
वह मुस्काती अलबेली।
सोनजुही की बेल छबीली॥

(सोनजुही)

६ : कहाँ मढ़ा लाये सोने से अपनी चोंचें
सारे कौवे, प्यारे कौवे!
कौन संदेशा लाये घर-घर,
कौन सगुन-स्वर, कौन अतिथि वर
काले पंखों के झुटपुट से
मन के रीते आँगन को भर
कहाँ मढ़ा लाये सोने से अपनी चोंचें
प्यारे कौवे, न्यारे कौवे!
कहाँ मढ़ा लाये सोने से अपनी चोंचें!
पौ फट गयी! सुनहला युग क्षण—आओ सोचें!

(कौवे, बत्तखें, मेढक)

इन सारी कविताओं में कवि की रचना-सक्षमता को खोज निकालना बहुत आसान है। यहाँ लगता है कि भाषा और शब्द-शक्ति पर कवि का एक सहज और अन्तर्भुक्त अधिकार है। वह शब्द की अन्तरात्मा से परिचित है और उसे सहज ही पकड़ लेता है। इन काव्य-संग्रहों को पढ़ने से एक बात स्पष्ट हो जाती है कि भाषा और सम्पूर्ण भाव-यंत्र कवि का अनुगामी है। उसके तार साधे हुए हैं और अपनी इच्छानुसार अपने आन्तरिक उद्वेलन को व्यक्त करने के लिए वह मनोनुकूल ध्वनि का सर्जन कर सकता

है। यहाँ आकर कवि पन्त की उपलब्धि की दिशाएँ स्पष्ट होने लगती हैं। यह उपलब्धि लोक-मंगल की अन्तर कामना से अनुप्राणित है।

(५)

काव्योपलब्धि की इसी भूमिका पर 'लोकायतन' की रचना हुई है। यह निश्चित रूप से कहा जा सकता है कि 'लोकायतन' के पहले की पन्तजी की सम्पूर्ण काव्य-रचना को उसके सही सन्दर्भों में समझे बिना इस महान् काव्य की विराटता और काव्य-वैभव और अनुभव-रचना के विभिन्न अंगों और दिशाओं को समझना कठिन है। पन्तजी के काव्य की सम्पूर्ण अन्तरमुख और बहिर्मुख परिणतियाँ यहाँ आकर एकमेक हो गयी हैं। सौन्दर्य-सृष्टि से लेकर बौद्धिक चैतन्यता और लोकमंगल की एक गहरी दृष्टि यहाँ नियोजित है। कविता की आन्तरिक और बाहरी संरचना यहाँ पूर्ण है और एक महान युगद्रष्टा के दर्शन हमें इस 'भागवत काव्य' में मिलते हैं जिसका यह कथन—

कविर्मनीषी का कर्तव्य सनातन
जीवन-मङ्गल का करना सुख सर्जन।

(लोकायतन)

सम्पूर्ण रूप से प्रतिफलित होता हुआ दीखता है। 'वाणी' के प्रकाशन के पश्चात ऊर्ध्व चेतना, अन्तश्चेतना और लोक-चेतना के समन्वय से रचित यह काव्य उंनकी समस्त काव्योपलब्धि की एकत्र उद्घोषणा करता है।

महान काव्य-कृतियों की परम्परा में 'लोकायतन' का स्थान कई दृष्टियों से सर्वोपरि है। उसकी सबसे बड़ी विशिष्टता तो यह है कि वह महाकाव्य होते हुए भी सम्पूर्ण रूप से एक प्रयोग-धर्मी काव्य है। यह प्रयोग-धर्मिता बहुत कुछ उस युग-जीवन की माँग से उत्पन्न हुई है, जिसका संवाहक यह महाकाव्य है। क्योंकि आज का संपूर्ण युग-जीवन इतना विशृंखल, विघटित, दैन्य-जड़ित और किंकर्तव्यविमूढ़ है कि किसी पौराणिक, अर्द्ध-पौराणिक या दन्त-कथा के सहारे उसकी संपूर्ण विवृत्ति लगभग असम्भव है, क्योंकि किसी भी अतीत-कथा या इतिहास-पुराण-पुरुष का अपना एक व्यक्तित्त्व होता है और व्यक्तित्त्व की वह सीमा आज के विराट, विशृंखल युग और आज की विराट वैज्ञानिक उपलब्धियों को तथा विकासशील मानव-सभ्यता को अपने में समो रखने में पूर्णतया सफल नहीं हो सकती। 'लोकायतन' की यह प्रयोग-धर्मिता युग-जीवन के इसी विराट यथार्थ को समेटने के लिए आयी है। प्रयोग-धर्मिता का यह रूप हमें इस महाकाव्य के सम्पूर्ण काव्य और शिल्प दोनों में ही दृष्टिगत होता है। कथा की एकतानता का सौन्दर्य, कथा के बिखराव और विभाजन में है। इसी तरह उसकी अखंडता का सौन्दर्य—उसके खण्ड-खण्ड होने में है। लोक-जीवन की सम्पूर्ण पृष्ठभूमि पर निर्मित होने के कारण सिवा गाँधीजी के पूरी कथा में एक औपन्यासिक इतिहास-कल्पना की श्रृंखला बाँधी गयी है। गाँधीजी का सम्पूर्ण व्यक्तित्व क्योंकि हमारे युग-जीवन के यथार्थ में एकमेव है, अतः वह जहाँ सारी कथा

को एक अंत:संगति में बाँधता है, वहीं दूसरी ओर महाकाव्य की इस औपन्यासिक इतिहास-कल्पना में कहीं भी बाधक नहीं बनता। सम्पूर्ण महाकाव्य मुख्यत: दो भागों में विभाजित है—(१) बाह्य परिवेश और (२) अन्तश्चैतन्य। 'बाह्य परिवेश' में कुल चार खण्ड हैं—(१) पूर्व स्मृति : आस्था, (२) जीवन द्वार (युग-भू, ग्राम-शिविर, मुक्ति यज्ञ), (३) संस्कृति द्वार (आत्मदान, संक्रमण, ह्रास, विघटन, विकास, मधु-स्पर्श) और (४) मध्य-बिन्दु : ज्ञान। 'अन्तश्चैतन्य' में तीन खण्ड हैं—(१) कला द्वार, (२) ज्योति द्वार और (३) उत्तर स्वप्न : प्रीति। इस तरह हम देखते हैं कि यह सम्पूर्ण काव्य-बन्ध पूर्ण रूप से मौलिक और नवीन है। 'पूर्ण-स्मृति' से (जिसकी मूल चेतना 'आस्था' है) आरंभ होकर महाकाव्य का समापन 'उत्तर-स्वप्न' (जिसकी मूल चेतना 'प्रीति' है) में होता है। अतीत की आस्था से चलकर भविष्य की प्रीति तक महाकाव्य देश, काल और पात्र की सीमाओं में चित्रित होता हुआ भी एक सर्वव्यापी मंगल-भूमि पर प्रतिष्ठित होता है। इस सम्पूर्णता तक पहुँचने के लिए काव्य में विभिन्न द्वारों की परिकल्पना की गयी है। 'आस्था', 'जीवन-द्वार' और 'संस्कृति द्वार' से होकर 'ज्ञान' तक पहुँचती है, तब उसमें वह सम्पूर्ण सृजन की क्षमता और दृष्टि आती है जिससे वह 'कला द्वार' और 'ज्योति द्वार' से होकर भविष्य की शुभेच्छा में परिणत होती है। इस तरह सम्पूर्ण कथा का एक अन्त:रचित प्रतीकार्थ भी है।

भाषा, भाव-सम्पदा, चरित्र-चित्रण, युग जीवन का आकलन और लोकमंगल की सृष्टि, इन सभी दृष्टियों से यह महाकाव्य निश्चय ही हमारे संपूर्ण वर्तमान की महान गाथा है। इसकी सारी भाषा-सर्जना बाइबिल की भाषा-सर्जना की याद दिलाती है। 'वंशी', 'हरि', 'सिरी' और 'माधो गुरु' के चरित्र और 'सुन्दरपुर' ग्राम का सम्पूर्ण चरित्र तथा गाँधीजी की अर्थ-संज्ञा—सब मिला कर इतिहास की अनुपम कथा के अन्दर हमारा सारा लोक-जीवन इसमें प्रतिष्ठित है! 'लोकायतन' के अध्ययन के लिए कुछ पंक्तियाँ निश्चय ही बहुत कम हैं। इस महान रचना के सम्यक अध्ययन के लिए वर्षों के अध्यवसाय, लगन और एक गहरी समझ के साथ ही अपने इतिहास, स्वतंत्रता-संग्राम, स्वातंत्र्योत्तर नैतिक ह्रास और कवि पन्त की विराट आस्था, सृजनशीलता और लोक-शुभेच्छा को समझना अत्यन्त आवश्यक है। यह कृति महाकवि पन्त के सम्पूर्ण मानसिक विकास और चिन्तनशीलता का एकत्र संकलन है। 'भारतीय चेतना' के मंगल-कलश में 'विश्व-मानव' के 'अन्तर-बाह्य विकास की परिकल्पना' इसमें सार्थक हुई है।

(६)

'लोकायतन' जैसे बृहदाकार काव्य की रचना के बाद भी महाकवि पंत की रचना-आकुलता और सृजन-क्षमता कम नहीं हुई है, बल्कि वे उसी सतत गति से सृजन में रत हैं और कविता के नये-नये आयामों की खोज में लगे हुए हैं। 'वाणी' के बाद का उनका उत्तरवर्ती काव्य इसका प्रमाण है। 'वाणी' के बाद उनके चार स्वतन्त्र कविता-संग्रह प्रकाशित हो चुके हैं—(१) कला और बूढ़ा चाँद (१९५९), (२) किरण-वीण

(१९६६), (३) पुरुषोत्तम राम (१९६६), (४) पौ फटने से पहले (१९६७)। भाषा के आन्तरिक संस्कार के साथ-ही-साथ इन उत्तरवर्ती कविताओं में एक दूसरे प्रकार की ताज़गी के दर्शन होते हैं। यह ताज़गी शांति, शालीनता और शिशुवत निश्छलता की ताज़गी है। यहाँ न तो उस तरह का आक्रोश है, न चिन्तन का गहन उद्वेलन और न सर्जन की छटपटाहट है, बल्कि एक प्यारी-सी निश्छलता और आस्था की निःसंदिग्धता सर्वत्र वर्तमान है। साथ ही आज के विश्व-जीवन और सांस्कृतिक विघटन के अन्तर-विरोधाभासों के बीच से प्राप्त एक दृष्टि है, काव्य-रचना के अनेक द्वारों और उपपत्तियों से गुज़र कर आयी हुई एक अत्यन्त सहज संरचना-प्रणाली और एक सुलझा हुआ शिल्प है, जो इन काव्य-ग्रंथों में हर जगह लक्षित किया जा सकता है। कविता यहाँ कवि के लिए 'हस्तामलकवत्' है और उसकी हर पंक्ति के काव्य-गुण के विभिन्न और सम्पन्न रूपाकार खुलते चलते हैं। भाषा, शिल्प-तंत्र, भाव-सम्पदा और अभिव्यक्ति—सभी दृष्टियों से पन्तजी के सारे काव्य में इन संग्रहों की कुछ कविताएँ अग्रिम पंक्ति में रखी जा सकती हैं। इन कविताओं का अर्थ-संसार अनेकमुखी है। अन्तर-बाह्य जीवन की समग्रता अपने अलग-अलग रूपों में जगह-जगह प्रकट हुई है....। 'जन भू' चेतना से मंडित यह उत्तरवर्ती काव्य पन्तजी की कविता में एक अप्रतिम रचना-शक्ति की सृष्टि करता है और वे परिपूर्ण 'क्षण', जिनकी परिकल्पना कवि ने अपने एक प्रारम्भिक कविता-संग्रह की भूमिका में की थी, इन कविताओं में एक निश्चित समाहार पर आये हुए लगते हैं....। कुछेक उदाहरणों से उपर्युक्त तथ्यों को समर्थन मिलेगा—यथा :—

१ : **ओ रँभाती नदियो,**
बेसुध
　　कहाँ भागी जाती हो?
वंशी रव
　　तुम्हारे ही भीतर है।...
ओ दूध-धार टपकाती
　　शुभ्र प्रेरणा धेनुओ,
तुम जिस वत्स के लिए
　　व्याकुल हो
　　वह मैं ही हूँ।
ओ तट सीमा में बहने वाली
सीमाहीन स्त्रोतस्विनियो,
मैं जल से ही
स्थल पर आया हूँ।

(कला और बूढ़ा चाँद)

२ : यह मेरी रस मानस तंत्री,
साँसों के तारों में नीरव
आत्मा का संगीत भुवन अब
जन्म ले रहा अभिनव

(किरण-वीणा)

३ : तुम मेरी हो
हाँ, सचमुच मेरी हो!
विस्मित मत हो!
सखी रूप में
तुम समग्र मेरी हो!
मुझे अधूरा कम ही भाता
हृदय पूर्णता के प्रति जाता!
तुम्हें प्यार करता मैं मन से
हृदय-सखी तुम, बड़ी बहन से!
देह-प्रीति से
यह रति ऊपर,
धीरे ही आस्था होगी
तुमको चिद् गति पर!

(पौ फटने से पहले)

(७)

पन्तजी ने इस युग को एक 'महासंक्रान्ति युग' कहा है। इस महासंक्रान्ति काल की कविता में आस्था और लोकमंगल को प्रतिष्ठित करना किसी भी साधारण प्रतिभा और जीवन-दृष्टि के कवि के बूते कें बाहर की बात है। जबकि विघटन, विशृंखलता, नैतिक मूल्यों का ह्रास चारों ओर दिखाई पड़ रहा है, उसमें महाकवि पन्त का यह स्वप्न ('मुझे स्वप्न दो, मुझे स्वप्न दो') एक महान जीवन और विराट आस्था की परिकल्पना करता है। यही वह संदेश है, जो समस्त पन्त-काव्य के अन्दर-ही-अन्दर प्रवाहित होता हुआ हमें मिलता है। उनका समस्त काव्य अन्तर्मुखता का काव्य न होकर आत्मोत्कर्ष का काव्य है। यह आत्मोत्कर्ष अपनी समग्र संरचना में एक सार्वभौमिक शुभेच्छा तक ले जाता है। इसीलिए उनका काव्य अतीतोन्मुख न होकर वर्तमान के फलक पर भविष्योन्मुखी काव्य है। यह सार्वभौमिक शुभेच्छा ही वह तत्त्व है, जिसके भीतर से कवि पन्त ने विश्व-मानव और नव-मानव की परिकल्पना को अपनी कविता में सार्थक किया है। अपनी सम्पूर्ण काव्य-सम्पदा के भीतर से उन्होंने

एक नये और निजी अध्यात्म की रचना की है। यह अध्यात्म अपनी मंगलकामना में निजी होते हुए भी 'स्व' की भावना से पूर्णतया मुक्त है। संभवतः इसी को लक्ष्य करके पन्तजी ने एक स्थान पर लिखा है—''मैं जगत्-जीवन से ईश्वर तत्त्व या परम चैतन्य तत्त्व को विच्छिन्न कर आत्मा की अधिभूमि पर साक्षात्कार से प्राप्त सत्यबोध को अर्ध-सत्य ही मानता हूँ।'' (छायावाद : पुनर्मूल्यांकन)। मंगलबोध की यह कामना इसीलिए लोकोन्मुखी है। तभी वह पूर्ण सत्य बन सकती है।...इस पूर्ण सत्य की साधना ही कवि का अन्तिम लक्ष्य है।...मैं इस सत्य की साधना के लिए इतिहास और सभ्यता ने जो सामूहिक सामाजिक विकास-यंत्र प्रस्तुत किया है, उसी को अधिकृत कर उसे राष्ट्रीयता से अन्तर्राष्ट्रीयता और उसके विश्व-मानवता एवं दिव्य मानवता में क्रमशः विकसित कर उस पूर्ण जीवन को एक लोक-जीवन में मूर्त देखना चाहता हूँ। ....'' (छायावाद - पुनर्मूल्यांकन)। सत्य की इसी पूर्णता की साधना और सार्वभौमिक शुभेच्छा को ध्यान में रखकर हमने पन्तजी को 'सम्पूर्णता का कवि' कहा है। उनके संदेश और उनकी इस शुभेच्छा को वहन करने वाली निम्न पंक्तियों से हम इस निबन्ध का अन्त करते हैं और आशा करते हैं कि यह निबन्ध उन संकेत-सूत्रों को उपस्थित करने में सफल होगा, जिनके आधार पर आने वाली पीढ़ियाँ और पूर्वाग्रहरहित पाठक, काव्य-मर्मज्ञ और समालोचक पंत-काव्य के अध्ययन की उचित दिशा ग्रहण कर पाने में समर्थ हो सकेंगे—

भारत मेरे अन्तर्मन का रणक्षेत्र है!
उसको नवयुग मानवता का बना निदर्शन
उतरूँगा मैं शुभ्र हिरण्य भुवन-सा जग में
नया सांस्कृतिक तंत्र विश्व मानव को देने...

(पुरुषोत्तम राम)

बी-७, ए०डी०ए० कॉलोनी,
प्रतिष्ठानपुरी (नई झूँसी)
इलाहाबाद

—दूधनाथ सिंह

एक

प्रथम -रश्मि का आना रंगिणि!
तूने कैसे पहचाना?
कहाँ, कहाँ हे बाल-विहंगिनि!
पाया तूने यह गाना?

सोई थी तू स्वप्न नीड़ में
पंखों के सुख में छिपकर,
ऊँघ रहे थे, घूम द्वार पर
प्रहरी से जुगनू नाना;
शशि किरणों से उतर-उतरकर,
भू पर कामरूप नभचर
चूम नवल-कलियों का मृदु-मुख
सिखा रहे थे मुसकाना;
स्नेह-हीन तारों के दीपक,
श्वास-शून्य थे तरु के पात,
विचर रहे थे स्वप्न अवनि में,
तम ने था मण्डप ताना;

कूक उठी सहसा तरु-वासिनि!
गा तू स्वागत का गाना,
किसने तुझको अन्तर्यामिनि!
बतलाया उसका आना?

निकल सृष्टि के अन्ध-गर्भ से
छाया-तन बहु छाया-हीन,
चक्र रच रहे थे खल-निशिचर
चला कुहुक, टोना-माना;
छिपा रही थी मुख शशि-बाला
निशि के श्रम से हो श्री-हीन,

कमल-क्रोड़ में बन्दी था अलि
कोक शोक से दीवाना;
मूर्छित थीं इन्द्रियाँ, स्तब्ध जग,
जड़-चेतन सब एकाकार,
शून्य-विश्व के उर में केवल
साँसों का आना - जाना;

तूने ही पहले बहु-दर्शिनि!
गाया जागृति का गाना,
श्री-सुख-सौरभ का नभ-चारिणी!
गूँथ दिया ताना - बाना!

निराकार तम मानो सहसा
ज्योति - पुंज में हो साकार,
बदल गया द्रुत जगत-जाल में
धर कर नाम-रूप नाना;
सिहर उठे पुलकित हो द्रुम-दल,
सुप्त समीरण हुआ अधीर,
झलका हास कुसुम-अधरों पर
हिल मोती का-सा दाना;
खुले पलक, फैली सुवर्ण-छबि,
खिली सुरभि, डोले मधु-बाल;
स्पन्दन-कम्पन औ' नव-जीवन
सीखा जग ने अपनाना;

प्रथम-रश्मि का आना, रंगिणि!
तूने कैसे पहचाना?
कहाँ, कहाँ हे बाल विहंगिनि!
पाया यह स्वर्गिक गाना?

['वीणा' से : १९१९ ई०]

दो

मिले तुम राकापति में आज
पहन मेरे दृग-जल का हार;
बना हूँ मैं चकोर इस बार,
बहाता हूँ अविरल जल-धार;
नहीं फिर भी तो आती लाज...
निठुर! यह भी कैसा अभिमान?

हुआ था जब सन्ध्या-आलोक
हँस रहे थे तुम पश्चिम ओर,
विहग-रव बनकर मैं चितचोर!
गा रहा था गुण, किन्तु कठोर!
रहे तुम नहीं वहाँ भी, शोक!..
निठुर! यह भी कैसा अभिमान?

याद है क्या न प्रात की बात?
खिले थे जब तुम बनकर फूल,
भ्रमर बन, प्राण! लगाने धूल
पास आया मैं, चुपके शूल
चुभाये तुमने मेरे गात....
निठुर! यह भी कैसा अभिमान?

कहाते थे जब तुम ऋतुराज
बना था मैं भी वृक्ष-करील,
रात-दिन दृष्टि-द्वार उन्मील
बुलाया तुम्हें, (यही क्या शील!)
न आये पास, सजा नव साज...
निठुर! यह भी कैसा अभिमान?

अभी मैं बना रहा हूँ गीत
अश्रु से एक-एक लिख घात
किया करते हो जो दिन-रात,
बुझाते हो प्रदीप, बन वात,
प्राणप्रिय! होकर तुम विपरीत...
निठुर! यह भी कैसा अभिमान?

['वीणा' से : १९१९ ई०]

तीन

उच्छ्वास

[सावन-भादों]

(सावन)

सिसकते, अस्थिर मानस से
बाल-बादल-सा उठकर आज
सरल, अस्फुट उच्छ्वास!
अपने छाया के पंखों में
(नीरव-घोष भरे शंखों में)
मेरे आँसू गूँथ, फैल गम्भीर मेघ-सा,
आच्छादित कर ले सारा आकाश!
यह अमूल्य मोती का साज,
इन सुवर्णमय, सरस परों में
(शुचि-स्वभाव से भरे सरों में)
तुझको पहना जगत देख ले;—यह स्वर्गीय-प्रकाश!
मन्द, विद्युत-सा हँसकर,
वज्र-सा उर में धँसकर,
गरज, गगन के गान! गरज गम्भीर स्वरों में,
भर अपना सन्देश उरों में, औ' अधरों में;
बरस धरा में, बरस सरित, गिरि, सर, सागर में,
हर मेरा सन्ताप, पाप जग का क्षण भर में !
हृदय के सुरभित साँस!
जरा है आदरणीय;
सुखद-यौवन? विलास-उपवन रमणीय;
शैशव ही है एक स्नेह की वस्तु, सरल, क़मनीय;
—बालिका ही थी वह भी!

सरलपन ही था उसका मन
निरालापन था आभूषन,
कान से मिले अजान-नयन
सहज था सजा सजीला-तन!
सुरीले, ढीले अधरों बीच
अधूरा उसका लचका-गान
विकच-बचपन को, मन को खींच,
उचित बन जाता था उपमान!

छपी-सी पी-सी मृदु-मुस्कान
छिपी-सी, खिंची सखी-सी साथ,
उसी की उपमा-सी बन, मान
गिरा का धरती थी, धर हाथ।

रँगीले, गीले फूलों-से
अधखिले भावों से प्रमुदित
बाल्य-सरिता के कूलों से
खेलती थी तरंग-सी नित!
—इसी में था असीम अवसित!

मधुरिमा के मधुमास!

मेरा मधुकर का-सा जीवन
कठिन कर्म है, कोमल है मन;
विपुल मृदुल सुमनों से सुरभित,
विकसित है विस्तृत जग उपवन!

यही हैं मेरे तन, मन, प्राण,
यही हैं ध्यान, यही अभिमान;
धूलि की ढेरी में अनजान
छिपे हैं मेरे मधुमय गान!
कुटिल काँटे हैं कहीं कठोर,
जटिल तरु-जाल हैं किसी ओर,
सुमन-दल चुन-चुनकर निशि भोर
खोजना है अजान वह छोर!
—नवल कलिका थी वह!

उसके उस सरलपने से
मैंने था हृदय सजाया,
नित मधुर-मधुर गीतों से
उसका उर था उकसाया।

कह उसे कल्पनाओं की
कल कल्प-लता, अपनाया;
बहु नवल भावनाओं का
उसमें पराग था पाया।

मैं मन्द-हास-सा उसके
मृदु अधरों पर मँडराया;
औ' उसकी सुखद सुरभि से
प्रतिदिन समीप खिंच आया।

पावस-ऋतु थी, पर्वत-प्रदेश;
पल-पल परिवर्तित प्रकृति-वेश!

मेखलाकार पर्वत अपार
अपने सहज दृग-सुमन फाड़
अवलोक रहा है बार-बार
नीचे जल में निज महाकार;

—जिसके चरणों में पला ताल
दर्पण-सा फैला है विशाल!!

गिरि का गौरव गाकर झर्-झर्
मद से नस-नस उत्तेजित कर
मोती की लड़ियों से सुन्दर
झरते हैं झाग भरे निर्झर।

गिरिवर के उर से, उठ-उठकर
उच्चाकांक्षाओं-से तरुवर
हैं झाँक रहे नीरव नभ पर,
अनिमेष, अटल, कुछ चिन्तापर!

—उड़ गया, अचानक, लो, भूधर
फड़का अपार पारद के पर!
रव-शेष रह गये हैं निर्झर!
है टूट पड़ा भू पर अम्बर!

धँस गए धरा में सभय शाल!
उठ रहा धुआँ, जल गया ताल!
—यों जलद यान में विचर, विचर,
था इन्द्र खेलता इन्द्रजाल!
(वह सरला उस गिरि को कहती थी बादल-घर!)
इस तरह मेरे चितेरे हृदय की
बाह्य प्रकृति बनी चमत्कृत[१] चित्र थी;
सरल शैशव की सुखद सुधि-सी वही
बालिका मेरी मनोरम मित्र थी।

['पल्लव' से]

---

१. पहले संस्करण में 'चकाचक' मिलता है।

चार

मोह

छोड़ द्रुमों की मृदु छाया,
तोड़ प्रकृति से भी माया,
बाले! तेरे बाल-जाल में कैसे उलझा दूँ लोचन?
भूल अभी से इस जग को!
तज कर तरल तरंगों को,
इन्द्र-धनुष के रंगों को,
तेरे भ्रू-भंगों से कैसे बिंधवा दूँ निज मृग-सा मन?
भूल अभी से इस जग को!
कोयल का वह कोमल बोल,
मधुकर की वीणा अनमोल,
कह, तब तेरे ही प्रिय स्वर से कैसे भर लूँ सजनि ! श्रवन?
भूल अभी से इस जग को!
ऊषा-सस्मित किसलय-दल,
सुधारश्मि से उतरा जल,
ना, अधरामृत ही के मद में कैसे बहला दूँ जीवन?
भूल अभी से इस जग को!

['पल्लव' से : १९१८ ई०]

पाँच

मौन निमन्त्रण

स्तब्ध ज्योत्स्ना में जब संसार
चकित रहता शिशु-सा नादान,
विश्व के पलकों पर सुकुमार
विचरते हैं जब स्वप्न अजान;
न जाने, नक्षत्रों से कौन
निमन्त्रण देता मुझको मौन!

सघन मेघों का भीमाकाश
गरजता है जब तमसाकार,
दीर्घ भरता समीर निःश्वास,
प्रखर झरती जब पावस-धार;
न जाने, तपक तड़ित में कौन
मुझे इंगित करता तब मौन!

देख वसुधा का यौवन-भार
गूँज उठता है जब मधुमास,
विधुर उर के-से मृदु उद्‌गार
कुसुम जब खुल पड़ते सोच्छ्‌वास;
न जाने, सौरभ के मिस कौन
सँदेशा मुझे भेजता मौन!

क्षुब्ध जल-शिखरों को जब वात
सिन्धु में मथकर फेनाकार,
बुलबुलों का व्याकुल संसार
बना, बिथुरा देती अज्ञात;
उठा तब लहरों से कर कौन
न जाने, मुझे बुलाता मौन!

स्वर्ण, सुख, श्री, सौरभ में भोर
विश्व को देती है जब बोर,

विहग-कुल की कल कण्ठ-हिलोर
मिला देती भू-नभ के छोर;

न जाने, अलस-पलक-दल कौन
खोल देता तब मेरे मौन!

तुमुल-तम में जब एकाकार
ऊँघता एक साथ संसार,
भीरु झींगुर-कुल की झनकार
कँपा देती तन्द्रा के तार;

न जाने, खद्योतों से कौन
मुझे पथ दिखलाता तब मौन!

कनक-छाया में, जब कि सकाल
खोलती कलिका उर के द्वार,
सुरभि-पीड़ित मधुपों के बाल
तड़प, बन जाते हैं गुंजार;

न जाने, ढुलक ओस में कौन
खींच लेता मेरे दृग मौन!

बिछा कार्यों का गुरुतर भार
दिवस को दे सुवर्ण अवसान,
शून्य-शय्या में, श्रमित अपार,
जुड़ाती जब मैं आकुल प्राण;

न जाने, मुझे स्वप्न में कौन
फिराता छाया-जग में मौन!

न जाने कौन, अये द्युतिमान!
जान मुझको अबोध, अज्ञान,
सुझाते हो तुम पथ अनजान,
फूँक देते छिद्रों में गान;

अहे सुख-दुख के सहचर मौन!
नहीं कह सकती तुम हो कौन!

['पल्लव' से : १९२३ ई०]

छः

छाया

कौन, कौन तुम परिहत वसना,
म्लान-मना, भू-पतिता-सी,
वात-हता - विच्छिन्न - लता - सी
रति-श्रान्ता व्रज-वनिता-सी?

नियति-वंचिता, आश्रय-रहिता,
जर्जरिता, पद-दलिता-सी,
धूलि-धूसरित मुक्त-कुन्तला,
किसके चरणों की दासी?

कहो, कौन हो दमयन्ती-सी
तुम तरु के नीचे सोई?
हाय! तुम्हें भी त्याग गया क्या
अलि! नल-सा निष्ठुर कोई!

पीले पत्रों की शय्या पर
तुम विरक्ति-सी, मूर्छा-सी,
विजन विपिन में कौन पड़ी हो
विरह-मलिन, दुख-विधुरा-सी?

गूढ़ कल्पना-सी कवियों की,
अज्ञाता के विस्मय-सी,
ऋषियों के गम्भीर हृदय-सी,
बच्चों के तुतले भय-सी;

भू-पलकों पर स्वप्न-जाल-सी,
स्थल-सी, पर, चंचल जल-सी,
मौन अश्रुओं के अंचल-सी,
गहन गर्त में समतल-सी?

तुम पथ-श्रान्ता द्रुपद-सुता-सी
कौन छिपी हो अलि! अज्ञात,

तुहिन-अश्रुओं से निज गिनती
चौदह दुखद वर्ष दिन-रात?

तरुवर की छायानुवाद - सी,
उपमा-सी, भावुकता-सी
अविदित भावाकुल भाषा - सी
कटी - छँटी नव कविता -सी;

पछतावे की परछाईं-सी
तुम भू पर छाई हो कौन?
दुर्बलता-सी, अँगड़ाई-सी,
अपराधी-सी भय से मौन!

मदिरा की मादकता-सी औ'
वृद्धावस्था की स्मृति-सी,
दर्शन की अति जटिल ग्रन्थि-सी,
शैशव की निद्रित स्मिति-सी,

आशा के नव इन्द्र-जाल-सी,
सजनि! नियति-सी अन्तर्धान,
कहो कौन तुम तरु के नीचे
भावी-सी हो छिपी अजान?

चिर-अतीत की विस्मृत स्मृति-सी,
नीरवता की-सी झंकार,
आँखमिचौनी-सी असीम की,
निर्जनता की-सी उद्गार,

परियों की निर्जल सरसी-सी,
वन्य-देवियाँ जहाँ विहार
करतीं छिप-छिप छाया-जल में,
अनिल-वीचियों में सुकुमार;

तुम त्रिभुवन के नयन-चित्र-सी
यहाँ कहाँ से उतरीं प्रात,
जगती की नेपथ्य-भूमि-सी,
विश्व-विदूषक-सी अज्ञात?

किस रहस्यमय अभिनय की तुम
सजनि! यवनिका हो सुकुमार,

इस अभेद्य पट के भीतर है
किस विचित्रता का संसार?

निर्जनता के मानस-पट पर
—बार-बार भर ठण्डी साँस—
क्या तुम छिप कर क्रूर काल का
लिखती हो अकरुण इतिहास?

सखि! भिखारिणी-सी तुम पथ पर
फैला कर अपना अंचल,
सूखे पातों ही को पा क्या
प्रमुदित रहती हो प्रतिपल?

पत्रों के अस्फुट अधरों से
संचित कर सुख-दुख के गान,
सुला चुकी हो क्या तुम अपनी
इच्छाएँ सब अल्प, महान?

कालानिल की कुंचित गति से
बार-बार कम्पित होकर,
निज जीवन के मलिन पृष्ठ पर
नीरव शब्दों में निर्भर

किस अतीत का करुण चित्र तुम
खींच रही हो कोमलतर,
भग्न-भावना, विजन-वेदना,
विफल-लालसाओं से भर?

ऐ अवाक् निर्जन की भारति!
कम्पित अधरों-से अनजान
मर्म-मधुर किस सुर में गातीं
तुम अरण्य के चिर-आख्यान!

ऐ अस्पृश्य, अदृश्य अप्सरसि!
यह छाया-तन, छाया-लोक,
मुझको भी दे दो मायाविनि!
उर की आँखों का आलोक!

ज्योतिर्मय शत नयन खोल नित,
पुलकित पलक पसार अपार,

श्रान्त यात्रियों का स्वागत क्या
करती हो तुम बारम्बार?
थके चरण-चिह्नों को अपनी
नीरव उत्सुकता से भर,
दिखा रही हो अथवा जग को
पर-सेवा का मार्ग अमर?

कभी लोभ-सी लम्बी हो कर
कभी तृप्ति-सी हो फिर पीन,
क्या संसृति की अचिर-भूति तुम
सजनि! नापती हो स्थिति-हीन?
श्रमित, तपित अवलोक पथिक को
रहती या यों दीन, मलीन?
ऐ विटपी की व्याकुल प्रेयसि!
विश्व-वेदना में तल्लीन।

दिनकर-कुल में दिव्य जन्म पा,
बढ़ कर नित तरुवर के संग,
मुरझे पत्रों की साड़ी से
ढँक कर अपने कोमल अंग;
सदुपदेश-सुमनों से तरु के
गूँथ हृदय का सुरभित हार,
पर-सेवारत रहती हो तुम,
हरती नित पथ-श्रान्ति अपार।

हे सखि! इस पावन अंचल से
मुझको भी निज मुख ढँककर,
अपनी विस्मृत सुखद-गोद में
सोने दो सुख से क्षण भर!
चूर्ण शिथिलता-सी अँगड़ा कर
होने दो अपने में लीन,
पर-पीड़ा से पीड़ित होना
मुझे सिखा दो, कर मदहीन!

गाओ, गाओ विहग-बालिके,
तरुवर से मृदु मंगल-गान,

मैं छाया में बैठ, तुम्हारे
कोमल स्वर में कर लूँ स्नान,

—हाँ सखि! आओ, बाँह खोल, हम
लग कर गले, जुड़ा लें प्राण,
फिर तुम तम में, मैं प्रियतम में,
हो जावें द्रुत अन्तर्धान!

['पल्लव' से : १९२० ई०]

सात

बादल

सुरपति के हम ही हैं अनुचर,
जगत्प्राण के भी सहचर;
मेघदूत की सजल कल्पना,
चातक के चिर-जीवनधर;

मुग्ध शिखी के नृत्य मनोहर,
सुभग स्वाति के मुक्ताकर;
विहग-वर्ग के गर्भ-विधायक,
कृषक-बालिका के जलधर।

जलाशयों में कमल-दलों-सा
हमें खिलाता नित दिनकर,
पर बालक-सा वायु सकल-दल
बिखरा देता, चुन सत्वर;

लघु लहरों के चल-पलनों में
हमें झुलाता जब सागर,
वही चील-सा झपट, बाँह गह,
हमको ले जाता ऊपर।

भूमि-गर्भ में छिप विहंग-से,
फैला कोमल, रोमिल पंख,
हम असंख्य अस्फुट बीजों में
सेते साँस, छुड़ा जड़ पंक,

विपुल कल्पना-से त्रिभुवन की
विविध रूप धर, भर नभ-अंक,
हम फिर क्रीड़ा-कौतुक करते,
छा अनन्त-उर में निःशंक।

कभी चौकड़ी भरते मृग-से
भू पर चरण नहीं धरते,

मत्त मतंगज कभी झूमते,
सजग शशक नभ को चरते;
कभी कीश-से अनिल-डाल में
नीरवता से मुँह भरते,
बृहत् गृद्ध-से विहग-छदों को
बिखराते नभ में तरते।
कभी अचानक, भूतों का-सा
प्रकटा विकट महा-आकार,
कड़क, कड़क, जब हँसते हम सब,
थर्रा उठता है संसार;
फिर परियों के बच्चों-से हम
सुभग सीप के पंख पसार,
समुद पैरते शुचि ज्योत्स्ना में,
पकड़ इन्दु के कर-सुकुमार!
अनिल-विलोड़ित गगन-सिन्धु में
प्रलय-बाढ़-से चारों ओर
उमड़-उमड़ हम लहराते हैं
बरसा उपल, तिमिर, घनघोर;
बात-बात में, तूल-तोम-सा
व्योम-विपट से झटक, झकोर,
हमें उड़ा ले जाता जब द्रुत
दल-बल-युत घुस वातुल चोर!
बुद्बुद्-द्युति तारक-दल-तरलित
तम के यमुना-जल में श्याम
हम विशाल जम्बाल-जाल-से
बहते हैं अमूल, अविराम;
दमयन्ती-सी कुमुद-कला के
रजत-करों में फिर अभिराम
स्वर्ण-हंस-से हम मृदु ध्वनि कर,
कहते प्रिय-सन्देश ललाम!
दुहरा विद्युद्दाम चढ़ा द्रुत,
इन्द्र-धनुष की कर टंकार;

विकट-पटह-से निर्घोषित हो,
बरसा विशिखों-सा आसार;
चूर्ण-चूर्ण कर वज्रायुध से
भूधर को, अति भीमाकार
मदोन्मत्त वासव-सेना-से
करते हम नित वायु-विहार।

स्वर्ण-भृंग-तारावलि वेष्टित,
गुंजित, पुंजित, तरल, रसाल,
मधुगृह-से हम गगन-पटल में,
लटके रहते विपुल-विशाल।
जालिक-सा आ अनिल, हमारा
नील सलिल में फैला जाल,
उन्हें फँसा लेता फिर सहसा
मीनों के-से चंचल बाल।

व्योम-विपिन में जब वसन्त-सा
खिलता नव-पल्लवित-प्रभात,
बहते हम तब अनिल-स्त्रोत में
गिर तमाल-तम के-से पात;
उदयाचल से बाल-हंस फिर
उड़ता अम्बर में अवदात,
फैल स्वर्ण-पंखों-से हम भी,
करते द्रुत मारुत से बात!

सन्ध्या का मादक पराग पी,
झूम मलिन्दों-से अभिराम,
नभ के नील कमल में निर्भय
करते हम विमुग्ध विश्राम;
फिर बाड़व-से सान्ध्य-सिन्धु में
सुलग, सोख उसको अविराम,
बिखरा देते तारावलि-से
नभ में उसके रत्न निकाम।

धीरे-धीरे संशय-से उठ,
बढ़ अपयश-से शीघ्र अछोर,

नभ के उर में उमड़ मोह-से
फैल लालसा-से निशि-भोर;
इन्द्रचाप-सी व्योम-भृकुटि पर
लटक मौन-चिन्ता-से घोर
घोष भरे विप्लव-भय-से हम
छा जाते द्रुत चारों ओर।

पर्वत से लघु-धूलि, धूलि से
पर्वत बन, पल में, साकार—
काल-चक्र-से चढ़ते, गिरते,
पल में जलधर, फिर जल-धार;
कभी हवा में महल बनाकर,
सेतु बाँध कर कभी अपार,
हम विलीन हो जाते सहसा
विभव-भूति ही-से निस्सार।

नग्न गगन की शाखाओं में
फैला मकड़ी का-सा जाल,
अम्बर के उड़ते पतंग को
उलझा लेते हम तत्काल;
फिर अनन्त-उर की करुणा-से
त्वरित द्रवित हो कर, उत्ताल—
आतप में मूर्छित कलियों को
जाग्रत करते हिम-जल डाल।

हम सागर के धवल-हास हैं,
जल के धूम, गगन की धूल,
अनिल-फेन, ऊषा के पल्लव,
वारि-वसन, वसुधा के मूल;
नभ में अवनि, अवनि में अम्बर,
सलिल-भस्म, मारुत के फूल,
हम ही जल में थल, थल में जल,
दिन के तम, पावक के तूल।

व्योम-बेलि, ताराओं की गति,
चलते-अचल, गगन के गान,

हम अपलक-तारों की तन्द्रा,
ज्योत्स्ना के हिम, शशि के यान;
पवन-धेनु, रवि के पांशुल-श्रम,
सलिल-अनल के विरल-वितान,
व्योम-पलक, जल-खग, बहते-थल,
अम्बुधि की कल्पना महान।

❑

धूम-धुँआरे, काजर-कारे,
हम ही बिकरारे बादर,
मदन-राज के बीर-बहादर,
पावस के उड़ते फणिधर;
चमक-झमकमय मन्त्र-वशीकर,
छहर-घहरमय विष-सीकर,
स्वर्ग-सेतु-से इन्द्रधनुष-धर,
कामरूप घनश्याम अमर!

['पल्लव' से : १९२२ ई०]

आठ

बालापन

चित्रकार! क्या करुणा कर फिर
मेरा भोला बालापन
मेरे यौवन के अंचल में
चित्रित कर दोगे पावन?

आज परीक्षा तो लो अपनी
कुशल लेखनी की ब्रह्मन्!
उसे याद आता है क्या वह
अपने उर का भाव-रतन?
जब कि कल्पना की तन्त्री में
खेल रहे थे तुम, करतार!
तुम्हें याद होगी, उससे जो
निकली थी अस्फुट झंकार?

हाँ, हाँ, वही, वही, जो जल, थल,
अनिल, अनल, नभ से उस बार
एक बालिका के क्रन्दन में
ध्वनित हुई थी, बन साकार।
वही प्रतिध्वनि निज बचपन की
कलिका के भीतर अविकार
रज में लिपटी रहती थी नित,
मधुबाला की-सी गुंजार;

यौवन के मादक हाथों ने
उस कलिका को खोल अजान,
छीन लिया हा! ओस-बिन्दु-सा
मेरा मधुमय, तुतला गान!
अहो विश्वसृज! पुनः गूँथ दो
वह मेरा बिखरा संगीत,
माँ की गोदी का थपकी से
पला हुआ वह स्वप्न पुनीत।

वह ज्योत्स्ना से हर्षित मेरा
कलित कल्पनामय संसार,
तारों के विस्मय से विकसित
विपुल भावनाओं का हार;
सरिता के चिकने उपलों-सी
मेरी इच्छाएँ रंगीन,
वह अजानता की सुन्दरता,
वृद्ध विश्व का रूप नवीन;

अहो कल्पनामय! फिर रच दो
वह मेरा निर्भय अज्ञान,
मेरे अधरों पर वह माँ के
दूध से धुली मृदु मुसकान!
मेरा चिन्ता-रहित, अनलसित,
वारि-बिम्ब-सा विमल हृदय,
इन्द्रचाप-सा वह बचपन के
मृदुल अनुभवों का समुदय;

स्वर्ण-गगन-सा, एक ज्योति से
आलिंगित जग का परिचय
इन्दु विचुम्बित बाल-जलद-सा
मेरी आशा का अभिनय;

इस अभिमानी अंचल में फिर
अंकित कर दो, विधि! अकलंक,
मेरा छीना बालापन फिर
करुण! लगा दो मेरे अंक!

विहग-बालिका का-सा मृदु स्वर
अर्ध-खिले, नव, कोमल अंग,
क्रीड़ा-कौतूहलता मन की
वह मेरी आनन्द-उमंग;
अहो दयामय! फिर लौटा दो
मेरी पद-प्रिय-चंचलता,
तरल तरंगों-सी वह लीला,
निर्विकार भावना-लता!

धूलभरे, घुँघराले, काले
भय्या को प्रिय मेरे बाल,
माता के चिर-चुम्बित मेरे
गोरे, गोरे, सस्मित गाल;
वह काँटों में उलझी साड़ी,
मंजुल फूलों के गहने,
सरल नीलिमामय मेरे दृग
अस्त्र-हीन, संकोच-सने;

उसी सरलता की स्याही से
सदय! इन्हें अंकित कर दो,
मेरे यौवन के प्याले में
फिर वह बालापन भर दो!
हा! मेरे बचपन-से कितने
बिखर गये जग के शृंगार!
जिनकी अविकच-दुर्बलता ही
थी जग की शोभालंकार;

जिनकी निर्भयता विभूति थी,
सहज सरलता शिष्टाचार,
औ' जिनकी अबोध पावनता
थी जग के मंगल की द्वार!
हे विधि! फिर अनुवादित कर दो
उसी सुधा-स्मिति में अनुपम
माँ के तन्मय उर से मेरे
जीवन का तुतला उपक्रम!

['पल्लव' से : १९१९ ई०]

नौ

परिवर्तन

कहाँ आज वह पूर्ण-पुरातन, वह सुवर्ण का काल?
भूतियों का दिगन्त छबि-जाल,
ज्योति-चुम्बित जगती का भाल?
राशि-राशि विकसित वसुधा का वह यौवन-विस्तार?
स्वर्ग की सुषमा[1] जब साभार
धरा पर करती थी अभिसार!
प्रसूनों के शाश्वत शृंगार,
(स्वर्ण-भृंगों के गन्ध-विहार)
गूँज उठते थे बारम्बार
सृष्टि के प्रथमोद्‌गार!
नग्न सुन्दरता थी सुकुमार
ऋद्धि औ' सिद्धि अपार!

अये, विश्व का स्वर्ण-स्वप्न, संसृति का प्रथम प्रभात,
कहाँ वह सत्य, वेद-विख्यात?
दुरित, दुख, दैन्य न थे जब ज्ञात,
अपरिचित जरा-मरण-भ्रू-पात।

(२)

हाय! सब मिथ्या बात!—
आज तो सौरभ का मधुमास
शिशिर में भरता सूनी साँस!

---

१. शुरू के संग्रहों के पहले संस्करण में 'ष' की जगह 'ख' मिलता है।

वही मधुऋतु की गुंजित डाल
झुकी थी जो यौवन के भार,
अकिंचनता में निज तत्काल
सिहर उठती,—जीवन है भार!

आज पावस-नद के उद्गार
काल के बनते चिह्न-कराल,
प्रात का सोने का संसार,
जला देती सन्ध्या की ज्वाल!

अखिल यौवन के रंग उभार
हड्डियों के हिलते कंकाल;
कचों के चिकने, काले व्याल
केंचुली, काँस, सिवार;

गूँजते हैं सबके दिन चार,
सभी फिर हाहाकार!

(३)

आज बचपन का कोमल गात
जरा का पीला पात!
चार दिन सुखद चाँदनी रात
और फिर अन्धकार, अज्ञात!

शिशिर-सा झर नयनों का नीर
झुलस देता गालों के फूल!
प्रणय का चुम्बन छोड़ अधीर
अधर जाते अधरों को भूल!

मृदुल होंठों का हिमजल-हास
उड़ा जाता निःश्वास-समीर;
सरल भौंहों का शरदाकाश
घेर लेते घन, घिर गम्भीर।

शून्य-साँसों का विधुर-वियोग
छुड़ाता अधर-मधुर-संयोग;
मिलन के पल केवल दो, चार,
विरह के कल्प अपार!

अरे, वे अपलक चार-नयन
आठ-आँसू रोते निरुपाय;
उठे-रोओं के आलिंगन
कसक उठते काँटों-से हाय!

(४)

किसी को सोने के सुख-साज
मिल गये यदि ऋण भी कुछ आज,
चुका लेता दुख कल ही व्याज,
काल को नहीं किसी की लाज!
विपुल मणि-रत्नों का छबि-जाल,
इन्द्रधनु की-सी छटा विशाल—
विभव की विद्युत्-ज्वाल
चमक, छिप जाती है तत्काल;
मोतियों-जड़ी ओस की डार
हिला जाता चुपचाप बयार!

(५)

खोलता इधर जन्म लोचन,
मूँदती उधर मृत्यु क्षण, क्षण;
अभी उत्सव औ' हास-हुलास,
अभी अवसाद, अश्रु, उच्छ्वास!
अचिरता देख जगत की आप
शून्य भरता समीर निःश्वास,
डालता पातों पर चुपचाप,
ओस के आँसू नीलाकाश;
सिसक उठता समुद्र का मन
सिहर उठते उडगन!

(६)

अहे निष्ठुर परिवर्तन!
तुम्हारा ही ताण्डव-नर्तन
विश्व का करुण-विवर्तन!
तुम्हारा ही नयनोन्मीलन,
निखिल उत्थान, पतन!
अहे वासुकि सहस्र फन!
लक्ष अलक्षित चरण तुम्हारे चिह्न निरन्तर
छोड़ रहे हैं जग के विक्षत वक्षःस्थल पर!
शत-शत फेनोच्छ्वसित, स्फीत-फूत्कार भयंकर
घुमा रहे हैं घनाकार जगती का अम्बर!
मृत्यु तुम्हारा गरल-दन्त, कंचुक-कल्पान्तर,
अखिल विश्व ही विवर,
वक्र-कुण्डल
दिङ्मण्डल!

(७)

अहे दुर्जेय विश्वजित्!
नवाते शत सुरवर, नरनाथ
तुम्हारे इन्द्रासन तल माथ;
घूमते शत-शत भाग्य अनाथ;
सतत रथ के चक्रों के साथ;
तुम नृशंस नृप-से जगती पर चढ़ अनियन्त्रित
करते हो संसृति को उत्पीड़ित, पद-मर्दित;
नग्न नगर कर, भग्न भवन, प्रतिमाएँ खण्डित,
हर लेते हो विभव, कला, कौशल चिर-संचित!
आधि, व्याधि, बहु वृष्टि, वात, उत्पात, अमंगल,
वह्नि, बाढ़, भू-कम्प,—तुम्हारे विपुल सैन्य-दल;
अहे निरंकुश! पदाघात से जिनके विह्वल
हिल-हिल उठता है टल-मल
पद-दलित धरा-तल!

(८)

जगत का अविरत हृत्कंपन
तुम्हारा ही भय-सूचन!
निखिल-पलकों का मौन-पतन
तुम्हारा ही आमन्त्रण!
विपुल-वासना-विकच विश्व का मानस-शतदल
छान रहे तुम, कुटिल काल-कृमि-से घुस पल-पल;
तुम्हीं स्वेद-सिंचित संसृति के स्वर्ण-शस्य-दल
दलमल देते, वर्षोपल बन, वांछित कृषिफल!
अये, सतत-ध्वनि-स्पन्दित जगती का दिङ्मण्डल
नैश-गगन-सा सकल
तुम्हारा ही समाधि-स्थल!

(९)

काल का अकरुण भृकुटि-विलास
तुम्हारा ही परिहास;
विश्व का अश्रु-पूर्ण इतिहास!
तुम्हारा ही इतिहास!
एक कठोर कटाक्ष तुम्हारा अखिल-प्रलयकर
समर छेड़ देता निसर्ग-संसृति में निर्भर;
भूमि चूम जाते अभ्र-ध्वज-सौध, शृंगवर,
नष्ट-भ्रष्ट साम्राज्य—भूति के मेघाडम्बर।
अये, एक रोमांच तुम्हारा दिग्भू-कम्पन,
गिर-गिर पड़ते भीत-पक्षि-पोतों से उडगन;
आलोड़ित-अम्बुधि फेनोन्नत कर शत-शत फन,
मुग्ध-भुजंगम-सा, इंगित पर करता नर्तन!
दिक्-पिंजर में बद्ध, गजाधिप-सा विनतानन,
वाताहत हो गगन
आर्त करता गुरु-गर्जन!

(१०)

जगत की शत-कातर-चीत्कार
बेधतीं बधिर! तुम्हारे कान!
अश्रु-स्त्रोतों की अगणित धार
सींचतीं उर-पाषाण!
अरे क्षण-क्षण सौ-सौ निःश्वास
छा रहे जगती का आकाश!
चतुर्दिक् घहर-घहर आक्रान्ति
ग्रस्त करती सुख-शान्ति!

(११)

हाय री दुर्बल भ्रान्ति!—
कहाँ नश्वर-जगती में शान्ति?
सृष्टि ही का तात्पर्य अशान्ति!
जगत अविरत जीवन-संग्राम,
स्वप्न है यहाँ विराम!
एक सौ वर्ष, नगर-उपवन,
एक सौ वर्ष, विजन-वन!
—यही तो है असार-संसार,
सृजन, सिंचन, संहार!
आज गर्वोन्नत-हर्म्य-अपार,
रत्न-दीपावलि, मन्त्रोच्चार,
उलूकों के कल भग्न-विहार;
झिल्लियों की झनकार!
दिवस-निशि का यह विश्व-विशाल
मेघ-मारुत का माया-जाल!

(१२)

अरे, देखो इस पार—
दिवस की आभा में साकार

दिगम्बर, सहम रहा संसार!
हाय! जग के करतार!

प्रात ही तो कहलाई मात,
पयोधर बने उरोज उदार,
मधुर उर-इच्छा को अज्ञात
प्रथम ही मिला मृदुल आकार;

छिन गया हाय! गोद का बाल,
गड़ी है बिना बाल की नाल!

अभी तो मुकुट बँधा था माथ,
हुए कल ही हल्दी के हाथ;
खुले भी न थे लाज के बोल,
खिले भी चुम्बन-शून्य कपोल;

हाय! रुक गया यहीं संसार
बना सिन्दूर अँगार!
वात-हत-लतिका वह सुकुमार
पड़ी है छिन्नाधार!!

(१३)

काँपता उधर दैन्य निरुपाय,
रज्जु-सा, छिद्रों का कृश-काय!
न उर में गृह का तनिक दुलार,
उदर ही में दानों का भार!

भूँकता सिड़ी शिशिर का श्वान
चीरता रहे! अधीर शरीर;
न अधरों में स्वर, तन में प्राण,
न नयनों ही में नीर!

(१४)

सकल रोओं से हाथ पसार
लूटता इधर लोभ गृह-द्वार;
उधर वामन-डग-स्वेच्छाचार
नापता जगती का विस्तार!
टिड्डियों-सा छा अत्याचार
चाट जाता संसार!

(१५)

बजा लोहे के दन्त कठोर
नाचती हिंसा जिह्वा लोल;
भृकुटि के कुण्डल वक्र मरोर
फुहुँकता अन्ध-रोष फन खोल;
लालची गीधों से दिन रात
नोचते रोग-शोक नित गात,
अस्थि-पंजर का दैत्य दुकाल
निगल जाता निज बाल!

(१६)

बहा नर-शोणित मूसलधार,
रूण्ड-मुण्डों की कर बौछार,
प्रलय-घन-सा घिर भीमाकार
गरजता है दिगन्त-संहार!
छेड़ खर-शस्त्रों की झंकार
महाभारत गाता संसार!
कोटि मनुजों के, निहत अकाल,
नयन-मणियों से जटिल कराल
अरे, दिग्गज-सिंहासन-जाल
अखिल मृत-देशों के कंकाल;
मोतियों के तारक-लड़-हार
आँसुओं के शृंगार!

(१७)

रुधिर के हैं जगती के प्रात,
चितानल के ये सायंकाल;
शून्य-निःश्वासों के आकाश,
आँसुओं के ये सिन्धु विशाल;
यहाँ सुख सरसों, शोक सुमेरु
अरे, जग है जग का कंकाल!!
वृथा रे, ये अरण्य-चीत्कार,
शान्ति, सुख है उस पार!

(१८)

आह भीषण-उद्गार!—
नित्य का यह अनित्य-नर्तन
विवर्तन जग, जग व्यावर्तन,
अचिर में चिर का अन्वेषन
विश्व का तत्त्वपूर्ण-दर्शन!
अतल से एक अकूल-उमंग,
सृष्टि की उठती तरल-तरंग,
उमड़ शत-शत बुद्बुद्-संसार
बूड़ जाते निस्सार!
बना सैकत के तट अतिवात
गिरा देती अज्ञात!

(१९)

एक छबि के असंख्य उडगन,
एक ही सबमें स्पन्दन,
एक छबि के विभात में लीन
एक विधि के अधीन!
एक ही लोल-लहर के छोर
उभय सुख-दुख, निशि-भोर,
इन्हीं से पूर्ण त्रिगुण-संसार,
सृजन ही है, संहार!

मूँदती नयन मृत्यु की रात
खोलती नव-जीवन की प्रात,
शिशिर की सर्व-प्रलयकर-वात
बीज बोती अज्ञात!
म्लान-कुसुमों की मृदु मुसकान
फलों में फलती फिर अम्लान,
महत् है, अरे, आत्म-बलिदान,
जगत केवल आदान-प्रदान!

(२०)

एक ही तो असीम उल्लास
विश्व में पाता विविधाभास;
तरल-जलनिधि में हरित-विलास,
शान्त अम्बर में नील-विकास;
वही उर-उर में प्रेमोच्छ्वास
काव्य में रस, कुसुमों में वास;
अचल-तारक-पलकों में हास,
लोल-लहरों में लास!
विविध-द्रव्यों में विविध प्रकार
एक ही मर्म-मधुर झंकार!

(२१)

वही प्रज्ञा का सत्य-स्वरूप
हृदय में बनता प्रणय-अपार;
लोचनों में लावण्य-अनूप,
लोक-सेवा में शिव-अविकार;
स्वरों में ध्वनित मधुर, सुकुमार
सत्य ही प्रेमोद्गार;
दिव्य-सौन्दर्य, स्नेह-साकार,
भावनामय संसार!

(२२)

स्वीय कर्मों ही के अनुसार
एक गुण फलता विविध प्रकार;
कहीं राखी बनता सुकुमार,
कहीं बेड़ी का भार!
कामनाओं के विविध प्रहार
छेड़ जगती के उर के तार,
जगाते जीवन की झंकार
स्फूर्ति करते संचार;
चूम सुख-दुख के पुलिन अपार
छलकती ज्ञानामृत की धार!

(२३)

पिघल होंठों का हिलता-हास
दृगों को देता जीवन-दान,
वेदना ही में तपकर प्राण
दमक, दिखलाते स्वर्ण-हुलास!
तरसते हैं हम आठों याम,
इसी से सुख अति सरस, प्रकाम;
झेलते निशि-दिन का संग्राम,
इसी से जय अभिराम;
अलभ है इष्ट, अतः अनमोल
साधना ही जीवन का मोल!

(२४)

बिना दुख के सब सुख निस्सार,
बिना आँसू के जीवन भार;
दीन दुर्बल है रे, संसार
इसी से दया, क्षमा औ' प्यार!

(२५)

आज का दुख, कल का आह्लाद,
और कल का सुख, आज विषाद;
समस्या स्वप्न-गूढ़ संसार,

पूर्ति जिसकी उस पार!
जगत-जीवन का अर्थ विकास,
मृत्यु, गति-क्रम का ह्रास!

(२६)

हमारे काम न अपने काम,
नहीं हम, जो हम ज्ञात;
अरे, निज छाया में उपनाम
छिपे हैं हम अपरूप;
गँवाने आये हैं अज्ञात
गँवा कर पाते स्वीय-स्वरूप!

(२७)

जगत की सुन्दरता का चाँद
सजा लांछन को भी अवदात,
सुहाता बदल, बदल, दिन-रात
नवलता ही जग का आह्लाद!

(२८)

स्वर्ण-शैशव स्वप्नों का जाल,
मंजरित-यौवन, सरस-रसाल।
प्रौढ़ता, छाया-वट सुविशाल,
स्थविरता, नीरव-सायंकाल;
वही विस्मय का शिशु नादान
रूप पर मँडरा, बन गुंजार;
प्रणय से बिंध, बँध, चुन-चुन सार,
मधुर जीवन का मधु कर पान;
साध अपना मधुमय संसार
डुबा देता निज तन, मन, प्राण!
एक बचपन ही में अनजान
जागते, सोते, हम दिन-रात;

वृद्ध-बालक फिर एक प्रभात
देखता नव्य-स्वप्न अज्ञात;
मूँद प्राचीन मरन,
खोल नूतन-जीवन!

(२९)

विश्वमय हे परिवर्तन!
अतल से उमड़ अकूल, अपार,
मेघ-से विपुलाकार;
दिशावधि में पल विविध प्रकार
अतल में मिलते तुम अविकार!
अहे अनिर्वचनीय! रूप धर भव्य, भयंकर,
इन्द्रजाल-सा तुम अनन्त में रचते सुन्दर;
गरज, गरज, हँस, हँस चढ़, गिर, छा, ढा, भू-अम्बर,
करते जगती को अजस्र जीवन में उर्वर;
अखिल विश्व की आशाओं का इन्द्रचाप-वर
अहे तुम्हारी भीम-भृकुटि पर
अटका निर्भर!

(३०)

एक औ' बहु के बीच अजान
घूमते तुम नित चक्र समान,
जगत् के उर में छोड़ महान
गहन-चिह्नों में ज्ञान!
परिवर्तित कर अगणित नूतन-दृश्य निरन्तर
अभिनय करते विश्व-मंच पर तुम मायाकर!
जहाँ हास के अधर, अश्रु के नयन करुणतर
पाठ सीखते संकेतों में प्रकट, अगोचर;
शिक्षास्थल यह विश्व-मंच, तुम नायक-नटवर,
प्रकृति नर्त्तकी सुघर
अखिल में व्याप्त सूत्रधर!

(३१)

हमारे निज सुख, दुख, नि:श्वास
तुम्हें केवल परिहास;
तुम्हारी ही विधि पर विश्वास
हमारा चिर-आश्वास!
ऐ अनन्त हृत्कम्प! तुम्हारा अविरत-स्पन्दन
सृष्टि-शिराओं में सचांरित करता जीवन;
खोल जगत के शत-शत नक्षत्रों-से लोचन,
भेदन करते अन्धकार तुम जग का क्षण-क्षण
सत्य तुम्हारी राज-यष्टि, सम्मुख नत त्रिभुवन,
भूप, अकिंचन,
अटल-शास्ति नित करते पालन!

(३२)

तुम्हारा ही अशेष व्यापार,
हमारा भ्रम, मिथ्याहंकार,
तुम्हीं में निराकार साकार,
मृत्यु-जीवन सब एकाकार!
अहे महाम्बुधि! लहरों-से शत लोक, चराचर,
क्रीड़ा करते सतत तुम्हारे स्फीत वक्ष पर;
तुंग-तरंगों-से शत युग, शत-शत कल्पान्तर
उगल, महोदर में विलीन करते तुम सत्वर;
शत-सहस्त्र रवि-शशि, असंख्य ग्रह, उपग्रह, उडगन
जलते, बुझते हैं स्फुलिंग-से तुममें तत्क्षण;
अचिर विश्व में अखिल-दिशावधि, कर्म, वचन, मन
तुम्हीं चिरन्तन
अहे विवर्तन-हीन विवर्तन!

['पल्लव' से : १९२४ ई०]

दस

शिशु

कौन तुम अतुल, अरूप, अनाम?
अये अभिनव, अभिराम।

मृदुलता ही है बस आकार,
मधुरिमा—छबि, शृंगार;
न अंगों में है रंग उभार,
न मृदु उर में उद्गार;
निरे साँसों के पिंजर-द्वार!
कौन हो तुम अकलंक, अकाम?

कामना - से माँ की सुकुमार
स्नेह में चिर-साकार;
मृदुल कुड्मल-से जिसे न ज्ञात
सुरभि का निज संसार;
स्त्रोत-से नव, अवदात,
स्खलित अविदित -पथ पर अविचार;
कौन तुम गूढ़, गहन, अज्ञात?
अहे निरुपम, नवजात!

वेणु-से जिसकी मधुमय तान
दुरी हो अन्तर में अनजान;
विरल उडु-से सरसी में तात!
इतर हो जिसका वासस्थान;
लहर-से लघु, नादान,
कम्प अम्बुधि की एक महान;
विमल हिम-जल-से एक प्रभात
कहाँ से उतरे तुम छबिमान!

गीति-से जीवन में लयमान,
भाव जिसके अस्पष्ट, अजान;
सुरभि-से जिसे विहान
उड़ा लाया हो प्राण;
स्वप्न-से निद्रित-सजग समान,
सुप्ति से जिसे न अपना ज्ञान;
रश्मि-से शुचि-रुचिमान
वीचि में पड़ी वितान;
स्वीय-स्मिति-से ही हे अज्ञान,
दिव्यता का निज तुम्हें न ध्यान!

खेलती अधरों पर मुसकान;
पूर्व-सुधि-सी अम्लान;
सरल उर की-सी मृदु आलाप,
अनवगत जिसका गान;
कौन सी अमर-गिरा यह, प्राण!
कौन से राग, छन्द, आख्यान?
स्वप्न-लोकों में किन चुपचाप
विचरते तुम इच्छा-गतिवान!

न अपना ही, न जगत का ज्ञान,
न परिचित हैं निज नयन, न कान;
दीखता है जग कैसा तात!
नाम, गुण रूप अजान?
तुम्हीं-सा हूँ मैं भी अज्ञात,
वत्स! जग है अज्ञेय महान!

['पल्लव' से : १९२३ ई०]

ग्यारह

मैं नहीं चाहता चिर-सुख,
मैं नहीं चाहता चिर दुःख;[1]
सुख-दुख की खेल मिचौनी
खोले जीवन अपना मुख।

सुख-दुख के मधुर मिलन से
यह जीवन हो परिपूरन;
फिर घन में ओझल हो शशि,
फिर शशि से ओझल हो घन।

जग पीड़ित है अति-दुख से,
जग पीड़ित रे, अति-सुख से,
मानव-जग में बँट जाएँ
दुख सुख से औ' सुख दुख से।

अविरत दुख है उत्पीड़न,
अविरत सुख भी उत्पीड़न;
दुख-सुख की निशा-दिवा में
सोता-जगता जग-जीवन।

यह साँझ-उषा का आँगन,
आलिंगन विरह-मिलन का;
चिर हास-अश्रुमय आनन
रे, इस मानव-जीवन का!

['गुंजन' से : १९३२ ई०]

---

१. पहले संस्करण में पंक्ति है—'चाहता नहीं अविरत दुख'।

बारह

भावी पत्नी के प्रति

प्रिये, प्राणों की प्राण!

न जाने किस गृह में अनजान
छिपी हो तुम, स्वर्गीय-विधान!
नवल-कलिकाओं की-सी-बाण
बाल-रति-सी अनुपम, असमान—
न जाने, कौन, कहाँ, अनजान,
प्रिये, प्राणों की प्राण!

जननि-अंचल में झूल सकाल
मृदुल उर-कम्पन-सी वपुमान;
स्नेह-सुख में बढ़ सखि! चिरकाल
दीप की अकलुष शिखा समान;
कौन सा आलय, नगर विशाल
कर रहीं तुम दीपित, द्युतिमान?
शलभ-चंचल मेरे मन-प्राण
प्रिये, प्राणों की प्राण!

नवल मधुऋतु-निकुंज में प्रात
प्रथम कलिका-सी अस्फुट-गात,
नील नभ-अन्तःपुर में, तन्वि!
दूज की कला सदृश नवजात,
मधुरता, मृदुता-सी तुम, प्राण!
न जिसका स्वाद-स्पर्श कुछ ज्ञात;
कल्पना हो, जाने, परिमाण?
प्रिये, प्राणों की प्राण!

हृदय के पलकों में गति-हीन
स्वप्न-संसृति-सी सुखमाकार;[१]
बाल-भावुकता बीच नवीन
परी-सी धरती रूप अपार;
झूलती उर में आज, किशोरि!
तुम्हारी मधुर मूर्ति छविमान,
लाज में लिपटी उषा-समान,
प्रिये, प्राणों की प्राण!

मुकुल-मधुपों का मृदु मधुमास,
स्वर्ण, सुख, श्री, सौरभ का सार,
मनोभावों का मधुर विलास,
विश्व-सुखमा ही का संसार
दृगों में छा जाता सोल्लास
व्योम-बाला का शरदाकाश;
तुम्हारा आता जब प्रिय-ध्यान,
प्रिये, प्राणों की प्राण!

अरुण अधरों की पल्लव-प्रात,
मोतियों-सा हिलता हिम-हास;
इन्द्रधनुषी पट से ढँक गात
बाल-विद्युत का पावस-लास,
हृदय में खिल उठता तत्काल
अधखिले-अंगों का मधुमास,
तुम्हारी छवि का कर अनुमान,
प्रिये, प्राणों की प्राण!

खेल सस्मित सखियों के साथ
सरल शैशव-सी तुम साकार,

---

१. 'सुषमा' शब्द को पन्त जी ने कहीं 'सुखमा' लिखा है, कहीं 'सुषमा'।

लोल, कोमल लहरों में लीन
लहर ही-सी कोमल, लघु-भार,
सहज करती होगी, सुकुमारि!
मनोभावों से बाल-विहार
हंसिनी-सी सर में कल-तान
प्रिये, प्राणों की प्राण!

खोल सौरभ का मृदु कच-जाल
सूँघता होगा अनिल समोद,
सीखते होंगे उड़ खग-बाल
तुम्हीं से कलरव, केलि, विनोद,
चूम लघु-पद-चंचलता, प्राण!
फूटते होंगे नव जल-स्त्रोत,
मुकुल बनती होगी मुसकान,
प्रिये, प्राणों की प्राण!

मृदूर्मिल सरसी में सुकुमार
अधोमुख अरुण सरोज समान,
मुग्ध कवि के उर के छू तार
प्रणय का-सा नव गान;
तुम्हारे शैशव में, साभार,
पा रहा होगा यौवन प्राण;
स्वप्न-सा, विस्मय-सा अम्लान,
प्रिये, प्राणों की प्राण!

अरे, वह प्रथम मिलन अज्ञात!
विकम्पित मृदु-उर, पुलकित-गात,
सशंकित ज्योत्स्ना-सी चुपचाप,
जड़ित-पद, नमित-पलक-दृग-पात;
पास जब आ न सकोगी, प्राण!

मधुरता में सी भरी अजान
लाज की छुई मुई-सी म्लान,
प्रिये, प्राणों की प्राण!

सुमुखि, वह मधुक्षण! वह मधु-बार!
धरोगी कर में कर सुकुमार!
निखिल जब नर-नारी संसार
मिलेगा नव-सुख से नव-बार
अधर-उर-से उर-अधर समान
पुलक से पुलक, प्राण से प्राण,
कहेंगे नीरव प्रणयाख्यान!
प्रिये, प्राणों की प्राण!

अरे, चिर-गूढ़ प्रणय आख्यान!
जब कि रुक जावेगा अनजान
साँस-सा नभ-उर में पवमान,
समय निश्चल, दिशि-पलक समान;
अवनि पर झुक आवेगा, प्राण!
व्योम चिर-विस्मृति से म्रियमाण;
नील-सरसिज-सा हो-हो म्लान,
प्रिये, प्राणों की प्राण!

['गुंजन' से : १९२७ ई०]

तेरह

आज रहने दो यह गृह-काज,
प्राण! रहने दो यह गृह-काज;

आज जाने कैसी वातास
छोड़ती सौरभ-श्लथ उच्छ्वास,
प्रिये! लालस-सालस वातास
जगा रोओं में सौ अभिलाष।
आज उर के स्तर-स्तर में, प्राण!
सजग सौ-सौ स्मृतियाँ सुकुमार,
दृगों में मधुर स्वप्न-संसार,
मर्म में मदिर-स्पृहा का भार!
शिथिल, स्वप्निल पंखड़ियाँ खोल
आज अपलक कलिकाएँ-बाल,
गूँजता भूला भौंरा डोल,
सुमुखि! उर के सुख से वाचाल!
आज चंचल-चंचल मन-प्राण,
आज रे, शिथिल-शिथिल तन-भार।
आज दो प्राणों का दिन-मान
आज संसार नहीं संसार!

आज क्या प्रिये, सुहाती लाज!
आज रहने दो सब गृह-काज!

['गुंजन' से : १९३२ ई०]

चौदह

एक तारा

नीरव सन्ध्या में प्रशान्त
डूबा है सारा ग्राम-प्रान्त!
पत्रों के आनत अधरों पर सो गया निखिल वन का मर्मर,
ज्यों वीणा के तारों में स्वर।
खग-कूजन भी हो रहा लीन, निर्जन गोपथ अव धूलिहीन,
धूसर भुजंग-सा जिह्म, क्षीण!
झींगुर के स्वर का प्रखर तीर केवल प्रशान्ति को रहा चीर,
सन्ध्या-प्रशान्ति को कर गभीर!
इस महाशान्ति का उर उदार, चिर आकांक्षा की तीक्ष्ण-धार
ज्यों बेध रही हो आर-पार।

अब हुआ सान्ध्य-स्वर्णाभ लीन,
सब वर्ण-वस्तु से विश्व हीन।
गंगा के चल-जल में निर्मल, कुम्हला किरणों का रक्तोत्पल
है मूँद चुका अपने मृदु दल।
लहरों पर स्वर्ण-रेख सुन्दर पड़ गई नील, ज्यों अधरों पर
अरुणाई प्रखर शिशिर से डर।
तरु-शिखरों से वह स्वर्ण-विहग उड़ गया, खोल निज पंख सुभग,
किस गुहा-नीड़ में रे, किस मग!
मृदु-मृदु स्वप्नों से भर अंचल, नव नील-नील, कोमल-कोमल,
छाया तरु-वन में तम श्यामल।

पश्चिम-नभ में हूँ रहा देख
उज्ज्वल, अमन्द नक्षत्र एक!

अकलुष, अनिन्द्य नक्षत्र एक, ज्यों मूर्तिमान ज्योतित-विवेक,
उर में हो दीपित अमर टेक!
किस स्वर्णाकांक्षा का प्रदीप वह लिये हुए? किसके समीप?
मुक्तालोकित ज्यों रजत-सीप!
क्या उसकी आत्मा का चिर-धन? स्थिर, अपलक नयनों का चिन्तन?
क्या खोज रहा वह अपनापन?
दुर्लभ रे, दुर्लभ अपनापन, लगता यह निखिल विश्व निर्जन,
वह निष्फल-इच्छा से निर्धन!

आकांक्षा का उच्छ्वसित वेग
मानता नहीं बन्धन-विवेक!
चिर आकांक्षा से हो थर्-थर्, उद्वेलित रे, अहरह सागर,
नाचती लहर पर हहर लहर!
अविरत इच्छा ही में नर्तन, करते अबाध रवि, शशि, उड्गन,
दुस्तर आकांक्षा का बन्धन!
रे उडु, क्या जलते-प्राण विकल! क्या नीरव, नीरव नयन सजल!
जीवन निसंग रे, व्यर्थ-विफल!
एकाकीपन का अन्धकार, दुस्सह है इसका मूक-भार,
इसके विषाद का रे, न पार!
चिर अविचल पर तारक अमन्द!
जानता नहीं वह छन्द-बन्ध!
वह रे, अनन्त का मुक्त मीन अपने असंग सुख में विलीन,
स्थित निज स्वरूप में चिर-नवीन।
निष्कम्प शिखा-सा वह निरुपम, भेदता जगत-जीवन का तम,
वह शुद्ध, प्रबुद्ध, शुक्र वह सम!

... ...

गुंजित अलि-सा निर्जन अपार, मधुमय लगता घन अन्धकार,
हलका एकाकी व्यथा-भार!
जगमग-जगमग नभ का आँगन लद गया कुन्द कलियों से घन,
वह आत्म और यह जग-दर्शन।

['गुंजन' से : १९३२ ई०]

पन्द्रह

अप्सरा

निखिल-कल्पनामयि अयि अप्सरि!
अखिल विस्मयाकार!
अकथ अलौकिक, अमर, अगोचर
भावों की आधार!
गूढ़, निरर्थ, असम्भव, अस्फुट
भेदों की शृंगार!
मोहिनि, कुहकिनि, छल-विभ्रममयि,
चित्र-विचित्र अपार!

शैशव की तुम परिचित सहचरि,
जग से चिर-अनजान
नव-शिशु के सँग छिप-छिप रहती
तुम, माँ का अनुमान;
डाल अँगूठा शिशु के मुँह में
देती मधु-स्तन-दान,
छिपी थपक से उसे सुलाती,
गा-गा नीरव गान।

तन्द्रा के छाया-पथ से आ
शिशु-उर में सविलास,
अधरों के अस्फुट मुकुलों में
रँगती स्वप्निल-हास;

दन्त-कथाओं से अबोध-शिशु
सुन विचित्र इतिहास
नव नयनों में नृत्य तुम्हारा
रचते रूपाभास।

प्रथम रूप-मदिरा से उन्मद
यौवन में उद्दाम
प्रेयसि के प्रत्यंग-अंग में
लिपटी तुम अभिराम;
युवती के उर में रहस्य बन,
हरती मन प्रतियाम,
मृदुल पुलक-मुकुलों से लद कर
देह-लता छबि-धाम।

इन्द्रलोक में पुलक-नृत्य तुम
करतीं लघु-पद-भार!
तड़ित-चकित चितवन से चंचल
कर सुर-सभा अपार,
नग्न देह में नवरँग सुर-धनु
छाया-पट सुकुमार,
खोंस नील-नभ की वेणी में
इन्दु कुन्द-द्युति स्फार।

स्वर्गंगा में जल-विहार जब
करतीं, बाहु-मृणाल
पकड़ पैरते इन्दु-बिम्ब के
शत-शत रजत मराल;
उड़-उड़ नभ में शुभ्र-फेन-कण
बन जाते उडु-बाल,
सजल देह-द्युति चल-लहरों में
बिम्बित सरसिज-माल।

रवि-छबि-चुम्बित चल-जलदों पर
तुम नभ में, उस पार,
लगा अंक से तड़ित-भीत शशि—
मृग-शिशु को सुकुमार,
छोड़ गगन में चंचल उडुगन
चरण-चिह्न लघु-भार,
नाग-दन्त-नत इन्द्रधनुष-पुल
करतीं तुम नित पार।

कभी स्वर्ग की थीं तुम अप्सरि,
अब वसुधा की बाल,
जग के शैशव के विस्मय से
अपलक - पलक - प्रवाल!
बाल युवतियों की सरसी में
चुगा मनोज्ञ मराल,
सिखलातीं मृदु रोमहास तुम
चितवन-कला अराल।

तुम्हें खोजते छाया-वन में
अब भी कवि विख्यात,
जब जग-जग निशि-प्रहरी जुगनू
सो जाते चिर-प्रात;
सिहर लहर, मर्मर कर तरुवर,
तपक तड़ित अज्ञात,
अब भी चुपके इंगित देते
गूँज मधुप, कवि-भ्रात।

गौर-श्याम तन, बैठ प्रभा-तम,
भगिनी-भ्रात सजात
बुनते मृदुल मसृण छायांचल
तुम्हें तन्वि! दिन-रात;

स्वर्ण-सूत्र में रजत-हिलोरें
कंचु काढ़तीं प्रात,
सुरँग रेशमी पंख तितलियाँ
डुला सिरातीं गात।

तुहिन-बिन्दु में इन्दु - रश्मि-सी
सोई तुम चुपचाप;
मुकुल-शयन में स्वप्न देखतीं
निज निरुपम छबि आप,
चटुल लहरियों से चल-चुम्बित
मलय-मृदुल पद-चाप,
जलजों में निद्रित मधुपों से
करतीं मौनालाप।

नील रेशमी तम का कोमल
खोल लोल कच-भार,
तार-तरल लहरा लहरांचल
स्वप्न-विकच-स्तन-हार,
शशि-कर-सी लघु-पद, सरसी में
करतीं तुम अभिसार,
दुग्ध-फेन शारद-ज्योत्स्ना में
ज्योत्स्ना-सी सुकुमार।

मेंहदी-युत मृदु-करतल-छबि से
कुसुमित सुभग, सिंगार,
गौर-देह-द्युति हिम-शिखरों पर
बरस रही साभार;
पद-लालिमा उषा, पुलकित-पर
शशि-स्मित-घन सोभार,
उडु-कम्पन मृदु-मृदु उर-स्पन्दन,
चपल-वीचि पद-चार!

शत-भावों के विकच-दलों से
मण्डित, एक प्रभात
खिलीं प्रथम– सौन्दर्य-पद्म-सी
तुम जग में नवजात;
भृंगों-से अगणित रवि, शशि, ग्रह,
गूँज उठे अज्ञात,
जगज्जलधि हिल्लोल-विलोड़ित
गन्ध-अन्ध दिशि-वात!

जगती के अनिमिष पलकों पर
स्वर्णिम - स्वप्न - समान,
उदित हुई थीं तुम अनन्त
यौवन में चिर-अम्लान;
चंचल-अंचल में फहरा कर
भावी स्वर्ण-विहान,
स्मित-आनन में नव-प्रकाश से
दीपित नव दिनमान।

सखि, मानस के स्वर्गवास में
चिर-सुख में आसीन,
अपनी ही सुखमा से अनुपम,
इच्छा में स्वाधीन,
प्रति युग में आती हो रंगिणि!
रच-रच रूप नवीन,
तुम सुर-नर-मुनि-ईप्सित-अप्सरि!
त्रिभुवन भर में लीन।

अंग-अंग अभिनव शोभा का
नव वसन्त सुकुमार,
भृकुटि-भंग नव नव इच्छा के
भृंगों का गुंजार,

शत-शत मधु-आकांक्षाओं से
स्पन्दित पृथु उर-भार,
नव आशा के मृदु मुकुलों से
चुम्बित लघु-पदचार!

निखिल-विश्व ने निज गौरव
महिमा, सुखमाकर दान,
निज अपलक उर के स्वप्नों से
प्रतिमा कर निर्माण,
पल-पल का विस्मय, दिशि-दिशि की
प्रतिभा कर परिधान,
तुम्हें कल्पना औ' रहस्य में
छिपा दिया अनजान।

जग के सुख-दुख, पाप-ताप,
तृष्णा-ज्वाला से हीन,
जरा - जन्म- भय - मरण - शून्य,
यौवनमयि, नित्य-नवीन;
अतल-विश्व-शोभा-वारिधि में,
मज्जित जीवन - मीन,
तुम अदृश्य, अस्पृश्य अप्सरी,
निज सुख में तल्लीन!

['गुंजन' से : १९३२ ई०]

सोलह

नौका विहार

शान्त, स्निग्ध, ज्योत्स्ना उज्ज्वल!
अपलक अनन्त, नीरव भू-तल!
सैकत-शय्या पर दुग्ध-धवल, तन्वंगी गंगा, ग्रीष्म-विरल,
लेटी हैं श्रान्त, क्लान्त, निश्चल!
तापस-बाला-सी गंगा कल, शशि-मुख से दीपित मृदु-करतल,
लहरें उर पर कोमल कुन्तल।
गोरे अंगों पर सिहर-सिहर, लहराता तार-तरल सुन्दर
चंचल अंचल-सा नीलाम्बर।
साड़ी की सिकुड़न-सी जिस पर, शशि की रेशमी-विभा से भर,
सिमटी हैं वर्तुल, मृदुल लहर!

चाँदनी रात का प्रथम प्रहर,
हम चले नाव लेकर सत्वर।
सिकता की सस्मित-सीपी पर मोती की ज्योत्स्ना रही विचर,
पालें बँधीं, खुला लंगर।
मृदु मन्द-मन्द, मन्थर-मन्थर, लघु तरणि, हंसिनी-सी सुन्दर
तिर रही, खोल पालों के पर।
निश्चल-जल के शुचि-दर्पण पर बिम्बित हो रजत-पुलिन निर्भर
दुहरे ऊँचे लगते क्षण भर।
कालाकाँकर का राजभवन सोया जल में निश्चिन्त, प्रमन,
पलकों पर वैभव-स्वप्न सघन।

नौका से उठतीं जल-हिलोर,
हिल पड़ते नभ के ओर-छोर।
विस्फारित नयनों से निश्चल कुछ खोज रहे चल तारक दल
ज्योतित कर नभ का अन्तस्तल,
जिनके लघु दीपों को चंचल, अंचल की ओट किये अविरल
फिरतीं लहरें लुक-छिप पल-पल।
सामने शुक्र की छबि झलमल, पैरती परी-सी जल में कल,
रुपहरे कचों में हो ओझल।
लहरों के घूँघट से झुक-झुक दशमी का शशि निज तिर्यक-मुख
दिखलाता, मुग्धा-सा रुक-रुक।

अब पहुँची चपला बीच धार,
छिप गया चाँदनी का कगार।
दो बाँहों-से दूरस्थ-तीर धारा का कृश कोमल शरीर
आलिंगन करने को अधीर।
अति दूर, क्षितिज पर विटप-माल लगती भ्रू-रेखा-सी अराल
अपलक-नभ नील-नयन विशाल,
माँ के उर पर शिशु-सा, समीप, सोया धारा में एक द्वीप,
ऊर्मिल प्रवाह को कर प्रतीप,
वह कौन विहग? क्या विकल कोक उड़ता, हरने निज विरह शोक?
छाया की कोकी को विलोक।

पतवार घुमा, अब प्रतनु-भार
नौका घूमी विपरीत-धार।
डाँड़ों के चल करतल पसार, भर-भर मुक्ताफल फेन-स्फार,
बिखराती जल में तार-हार।
चाँदी के साँपों-सी रलमल नाचतीं रश्मियाँ जल में चल
रेखाओं-सी खिंच तरल-सरल।

लहरों की लतिकाओं में खिल, सौ सौ शशि, सौ-सौ उडु झिलमिल
फैले फूले जल में फेनिल!
अब उथला सरिता का प्रवाह, लग्गी से ले-ले सहज थाह
हम बढ़े घाट को सहोत्साह![1]

ज्यों-ज्यों लगती है नाव पार
उर में आलोकित शत विचार!
इस धारा-सा ही जग का क्रम, शाश्वत इस जीवन का उद्गम,
शाश्वत है गति, शाश्वत संगम।
शाश्वत नभ का नीला-विकास, शाश्वत शशि का यह रजत-हास,
शाश्वत लघु-लहरों का विलास!
हे जग-जीवन के कर्णधार! चिर जन्म-मरण के आर-पार,
शाश्वत जीवन-नौका-विहार।
मैं भूल गया अस्तित्व - ज्ञान, जीवन का यह शाश्वत-प्रमाण
करता मुझको अमरत्व-दान।

['गुंजन' से]

---

१. पहले संस्करण में 'सोत्साह' मिलता है।

सत्रह

द्रुत झरो जगत के जीर्ण पत्र!
हे स्त्रस्त-ध्वस्त! हे शुष्क-शीर्ण!
हिम-ताप-पीत, मधुवात-भीत,
तुम वीत-राग, जड़, पुराचीन!!

निष्प्राण विगत-युग! मृत विहंग!
जग-नीड़ शब्द औ' श्वास-हीन,
च्युत, अस्त-व्यस्त पंखों-से तुम
झर-झर अनन्त में हो विलीन!

कंकाल-जाल जग में फैले
फिर नवल रुधिर,—पल्लव-लाली!
प्राणों की मर्मर से मुखरित
जीवन की मांसल हरियाली!

मंजरित विश्व में यौवन के
जग कर जग का पिक, मतवाली
निज अमर प्रणय-स्वर मदिरा से
भर दे फिर नव युग की प्याली!

['युगांत' से : १९३४ ई०]

अठारह

बाँसों का झुरमुट—
सन्ध्या का झुटपुट—
हैं चहक रही चिड़ियाँ
टी - वी - टी—टुट् - टुट्!

वे ढाल-ढाल कर उर अपने
हैं बरसा रहीं मधुर सपने
श्रम-जर्जर विधुर चराचर पर,
गा गीत स्नेह-वेदना सने!

ये नाप रहे निज घर का मग,
कुछ श्रमजीवी धर डगमग डग,
भारी है जीवन! भारी पग!!

आः, गा-गा शत-शत सहृदय खग,
सन्ध्या बिखरा निज स्वर्ण सुभग
औ' गन्ध-पवन झल मन्द व्यजन
भर रहे नया इनमें जीवन,
ढीली हैं जिनकी रग - रग!

—यह लौकिक औ' प्राकृतिक कला,
यह काव्य अलौकिक सदा चला
आ रहा,—सृष्टि के साथ पला!

× × ×

गा सके खगों-सा मेरा कवि,
विश्री जग की सन्ध्या की छबि!
गा सके खगों-सा मेरा कवि,
फिर हो प्रभात,—फिर आवे रवि!

['युगांत' से : १९३५ ई०]

उन्नीस

नव हे, नव हे!
नव-नव सुषमा से मण्डित हो
चिर पुराण भव हे!
नव हे!—

नव ऊषा-सन्ध्या अभिनन्दित,
नव-नव ऋतुमयि भू, शशि-शोभित,
विस्मित हो, देखूँ मैं अतुलित
जीवन-वैभव हे!
नव हे!—

नव शैशव-यौवन हिल्लोलित
जन्म-मरण से हो जग दोलित,
नव इच्छाओं का हो उर में
आकुल पिक-रव हे!
नव हे!—

बाँधे रहें मुक्ति को बन्धन,
हो सीमा असीम अवलम्बन,
द्वार खड़े हों नित नव सुख-दुख,
विजय-पराभव हे!
नव हे!

अपनी इच्छा से निर्मित जग,
कल्पित सुख-दुख के अस्थिर पग,
मेरे जीवन से हो जीवित
यह जग का शव हे!
नव हे!

['युगांत' से : १९३४ ई०]

बीस

ताज

हाय! मृत्यु का ऐसा अमर, अपार्थिव पूजन?
जब विषण्ण, निर्जीव पड़ा हो जग का जीवन!
संग सौध में हो शृंगार मरण का शोभन,
नग्न, क्षुधातुर, वास-विहीन रहें जीवित जन?

मानव! ऐसी भी विरक्ति क्या जीवन के प्रति?
आत्मा का अपमान, प्रेत औ' छाया से रति!!
प्रेम-अर्चना यही, करें हम मरण को वरण?
स्थापित कर कंकाल, भरें जीवन का प्रांगण?

शव को दें हम रूप, रंग, आदर मानव का?
मानव को हम कुत्सित चित्र बना दें शव का?
गत-युग के बहु धर्म-रूढ़ि के ताज मनोहर?
मानव के मोहान्ध हृदय में किये हुए घर!

भूल गये हम जीवन का सन्देश अनश्वर,
मृतकों के हैं मृतक, जीवितों का है ईश्वर!

['युगांत' से : १९३५ ई०]

इक्कीस

बापू के प्रति

तुम मांस-हीन, तुम रक्त-हीन,
हे अस्थि-शेष! तुम अस्थि-हीन,
तुम शुद्ध-बुद्ध आत्मा केवल,
हे चिर पुराण, हे चिर नवीन!

तुम पूर्ण इकाई जीवन की,
जिसमें असार भव-शून्य लीन;
आधार अमर, होगी जिस पर
भावी की संस्कृति समासीन!

तुम मांस, तुम्हीं हो रक्त-अस्थि,—
निर्मित जिनसे नव युग का तन,
तुम धन्य ! तुम्हारा निःस्व-त्याग
है विश्व भोग का वर साधन;

इस भस्म-काम तन की रज से
जग पूर्ण-काम नव जग-जीवन
बीनेगा सत्य-अहिंसा के
ताने-बानों से मानवपन!

सदियों का दैन्य-तमिस्त्र तूम,
धुन तुमने, कात प्रकाश-सूत,
हे नग्न! नग्न-पशुता ढँक दी
बुन नव संस्कृत मनुजत्व पूत।
जग पीड़ित छूतों से प्रभूत,
छू अमृत स्पर्श से, हे अछूत!
तुमने पावन कर, मुक्त किए
मृत संस्कृतियों से विकृत भूत!

सुख-भोग खोजने आते सब,
आये तुम करने सत्य खोज,
जग की मिट्टी के पुतले जन,
तुम आत्मा के, मन के मनोज!

जड़ता, हिंसा, स्पर्धा में भर
चेतना, अहिंसा, नम्र-ओज,
पशुता का पंकज बना दिया
तुमने मानवता का सरोज!

पशु-बल की कारा से जग को
दिखलाई आत्मा की विमुक्ति,
विद्वेष, घृणा से लड़ने को
सिखलाई दुर्जय प्रेम-युक्ति;

वर श्रम-प्रसूति से की कृतार्थ
तुमने विचार-परिणीत उक्ति;
विश्वानुरक्त हे अनासक्त!
सर्वस्व-त्याग को बना भुक्ति!

सहयोग सिखा शासित-जन को
शासन का दुर्वह हरा भार,
होकर निरस्त्र, सत्याग्रह से
रोका मिथ्या का बल-प्रहार;

बहु भेद-विग्रहों में खोई
ली जीर्ण जाति क्षय से उबार,
तुमने प्रकाश को कह प्रकाश,
औ' अन्धकार को अन्धकार!

उर के चरखे में कात सूक्ष्म
युग-युग का विषय-जनित विषाद,
गुंजित कर दिया गगन जग का
भर तुमने आत्मा का निनाद!

रँग-रँग खद्दर के सूत्रों में
नव जीवन-आशा, स्पृहा, ह्लाद,
मानवी कला के सूत्रधार!
हर दिया यन्त्र-कौशल-प्रवाद!

जड़वाद जर्जरित जग में तुम
अवतरित हुए आत्मा महान,
यन्त्राभिभूत युग में करने
मानव-जीवन का परित्राण;

बहु छाया-बिम्बों में खोया,
पाने व्यक्तित्व प्रकाशवान,
फिर रक्त-मांस प्रतिमाओं में,
फूँकने सत्य से अमर प्राण!

संसार छोड़ कर ग्रहण किया
नर-जीवन का परमार्थ-सार,
अपवाद बने, मानवता के
ध्रुव नियमों का करने प्रचार;

हो सार्वजनिकता जयी, अजित!
तुमने निजत्व निज दिया हार,
लौकिकता को जीवित रखने
तुम हुए अलौकिक, हे उदार!

मंगल-शशि-लोलुप मानव थे
विस्मित ब्रह्माण्ड-परिधि विलोक,
तुम केन्द्र खोजने आये तब
सब में व्यापक, गत राग-शोक;

पशु-पक्षी-पुष्पों से प्रेरित
उद्दाम-काम जन-क्रान्ति रोक,
जीवन-इच्छा को आत्मा के
वश में रख, शासित किये लोक!

था व्याप्त दिशावधि ध्वान्त : भ्रान्त
इतिहास विश्व-उद्भव प्रमाण,
बहु हेतु, बुद्धि, जड़ वस्तु-वाद
मानव-संस्कृति के बने प्राण;

थे राष्ट्र, अर्थ, जन, साम्य-वाद
छल सभ्य-जगत के शिष्ट-मान,
भू पर रहते थे मनुज नहीं,
बहु रूढ़ि-रीति प्रेतों-समान—

तुम विश्व-मंच पर हुए उदित
बन जग-जीवन के सूत्रधार,
पट पर पट उठा दिये मन से,
कर नर-चरित्र का नवोद्धार;

आत्मा को विषयाधार बना,
दिशि-पल के दृश्यों को सँवार,
गा-गा—एकोऽहं बहुस्याम,
हर लिये भेद, भव-भीति-भार।

एकता इष्ट निर्देश किया,
जग खोज रहा था जब समता,
अन्तर-शासन चिर राम-राज्य,
औ' बाह्य, आत्महन-अक्षमता;

हों कर्म-निरत जन, राग-विरत;
रति-विरति-व्यतिक्रम भ्रम-ममता
प्रतिक्रिया-क्रिया साधन-अवयव,
है सत्य सिद्ध, गति-यति-क्षमता।

ये राज्य, प्रजा, जन, साम्य-तन्त्र
शासन-चालन के कृतक यान,
मानस, मानुषी, विकास-शास्त्र
हैं तुलनात्मक, सापेक्ष ज्ञान;

भौतिक विज्ञानों की प्रसूति
जीवन - उपकरण - चयन - प्रधान,
मथ सूक्ष्म-स्थूल जग, बोले तुम—
मानव मानवता का विधान!

साम्राज्यवाद था कंस, बन्दिनी
मानवता पशु बलाक्रान्त,
श्रृंखला दासता, प्रहरी बहु
निर्मम शासन-पद शक्ति-भ्रान्त;

कारा-गृह में दे दिव्य जन्म
मानव-आत्मा को मुक्त, कान्त,
जन-शोषण की बढ़ती यमुना
तुमने की नत-पद-प्रणत, शान्त!

कारा थी संस्कृति विगत, भित्ति
बहु धर्म-जाति-गत रूप-नाम
बन्दी जग-जीवन, भू विभक्त,
विज्ञान-मूढ़ जन प्रकृति-काम;

आये तुम मुक्त पुरुष, कहने—
मिथ्या जड़-बन्धन, सत्य राम,
नानृतं जयति सत्यं, मा भैः,
जय ज्ञान-ज्योति, तुमको प्रणाम!

['युगांत' से : १९३६ ई०]

बाईस

पुण्य प्रसू

ताक रहे हो गगन?
मृत्यु-नीलिमा-गहन गगन?
अनिमेष, अचितवन, काल-नयन?—
निःस्पन्द शून्य, निर्जन, निःस्वन?

देखो भू को!
जीव प्रसू को।
हरित भरित
पल्लवित मर्मरित
कूजित[1] गुंजित
कुसुमित
भू को!
कोमल
चंचल
शाद्वल
अंचल,—
कल-कल
छल-छल
चल-जल-निर्मल,—

कुसुम खचित
मारुत सुरभित

---

१. पहले संस्करण में 'कुंजित' मिलता है।

खग-कुल कूजित
प्रिय पशु मुखरित—
जिस पर अंकित
सुर-मुनि-वन्दित
मानव पद-तल!

देखो भू को,
स्वर्गिक भू को
मानव पुण्य-प्रसू को!

['युगवाणी' से]

तेईस

दो लड़के

मेरे आँगन में, (टीले पर है मेरा घर)
दो छोटे-से लड़के आ जाते हैं अकसर।
नंगे तन, गदबदे, साँवले, सहज छबीले,
मिट्टी के मटमैले पुतले,—पर फुर्तीले।

जल्दी से, टीले के नीचे, उधर, उतरकर
वे चुन ले जाते कूड़े से निधियाँ सुन्दर,—
सिगरेट के ख़ाली डिब्बे, पन्नी चमकीली,
फ़ीतों के टुकड़े, तस्वीरें नीली-पीली

मासिक पत्रों के कवरों की; औ' बन्दर-से
किलकारी भरते हैं, ख़ुश हो-हो अन्दर से!
दौड़ पार आँगन के फिर हो जाते ओझल
वे नाटे छः सात साल के लड़के मांसल!

सुन्दर लगती नग्न देह, मोहती नयन-मन,
मानव के नाते उर में भरता अपनापन!
मानव के बालक हैं ये पासी के बच्चे,
रोम-रोम मानव, साँचे में ढाले सच्चे!

अस्थि-मांस के इन जीवों का ही यह जग घर,
आत्मा का अधिवास न यह,—वह सूक्ष्म, अनश्वर।
न्यौछावर है आत्मा नश्वर रक्त-मांस पर,
जग का अधिकारी है वह, जो है दुर्बलतर!

वह्नि, बाढ़, उल्का, झंझा की भीषण भू पर
कैसे रह सकता है कोमल मनुज कलेवर!
निष्ठुर है जड़ प्रकृति, सहज भंगुर जीवित जन,
मानव को चाहिए यहाँ मनुजोचित साधन!

क्यों न एक हों मानव मानव सभी परस्पर
मानवता निर्माण करें जग में लोकोत्तर?
जीवन का प्रासाद उठे भू पर गौरवमय,
मानव का साम्राज्य बने,—मानव हित निश्चय।

जीवन की क्षण-धूलि रह सके जहाँ सुरक्षित
रक्त-मांस की इच्छाएँ जन की हों पूरित।
—मनुज प्रेम से जहाँ रह सकें,—मानव ईश्वर!
और कौन-सा स्वर्ग चाहिए तुझे धरा पर?

[‘युगवाणी’ से]

चौबीस

झंझा में नीम

सर् सर् मर् मर्
रेशम के - से स्वर भर,
घने नीम दल
लम्बे, पतले, चंचल,
श्वसन-स्पर्श से
रोम हर्ष से
हिल-हिल उठते प्रतिपल!

वृक्ष शिखर से भू पर
शत-शत मिश्रित ध्वनि कर
फूट पड़ा, लो, निर्झर
मरुत,—कम्प, अर...
झूम-झूम, झुक-झुक कर,
भीम नीम तरु निर्भर,
सिहर सिहर थर् थर् थर्
करता सर् मर्
चर् मर्!

लिप-पुत गए निखिल दल
हरित-गुंज में ओझल,—
वायु वेग से अविरल
धातु-पत्र-से बज कल!
खिसक, सिसक, साँसें भर,
भीत, पीत, कृश, निर्बल,
नीम दल सकल
झर-झर पड़ते पल-पल!

['युगवाणी' से]

पचीस

अनामिका के कवि के प्रति

छन्द बन्ध ध्रुव तोड़, फोड़कर पर्वत, कारा
अचल रूढ़ियों की, कवि, तेरी कविता धारा
मुक्त, अबाध, अमन्द, रजत-निर्झर-सी निःसृत, —
गलित, ललित आलोक राशि, चिर अकलुष, अविजित!
स्फटिक शिलाओं से तूने वाणी का मन्दिर
शिल्पि, बनाया, —ज्योति-कलश निज यश का धर चिर।
शिलीभूत सौन्दर्य, ज्ञान, आनन्द अनश्वर
शब्द-शब्द में तेरे उज्ज्वल जड़ित हिम शिखर!
शुभ्र कल्पना की उड़ान, भव-भास्वर कलरव,
हंस, अंश वाणी के, तेरी प्रतिभा नित नव;
जीवन के कर्दम से अमलिन मानस सरसिज
शोभित तेरा, वरद शारदा का आसन निज।
अमृत-पुत्र कवि, यशः काय तव जरामरणजित
स्वयं भारती से तेरी हृत्तन्त्री झंकृत!

['युगवाणी' से]

छब्बीस

ग्रामश्री

फैली खेतों में दूर तलक
मख़मल की कोमल हरियाली,
लिपटीं जिससे रवि की किरणें
चाँदी की-सी उजली जाली।
तिनकों के हरे-हरे तन पर
हिल हरित रुधिर है रहा झलक,
श्यामल भू-तल पर झुका हुआ
नभ का चिर निर्मल नील फलक!
रोमांचित-सी लगती वसुधा
आई जौ गेहूँ में बाली,
अरहर सनई की सोने की
किंकिणियाँ हैं शोभाशाली!
उड़ती भीनी तैलाक्त गन्ध,
फूली सरसों पीली-पीली,
लो, हरित धरा से झाँक रही
नीलम की कलि, तीसी नीली!
रँग-रँग के फूलों में रिलमिल
हँस रही संखिया मटर खड़ी।
मख़मली पेटियों-सी लटकीं
छीमियाँ, छिपाए बीज लड़ी।
फिरती हैं रँग-रँग की तितली
रँग-रँग के फूलों पर सुन्दर,
फूले फिरते हों फूल स्वयं
उड़ - उड़ वृन्तों से वृन्तों पर!

अब रजत स्वर्ण मंजरियों से
लद गईं आम्र तरु की डाली।
झर रहे ढाक, पीपल के दल,
हो उठी कोकिला मतवाली।
महके कटहल, मुकुलित जामुन,
जंगल में झरबेरी झूली।
फूले आड़ू, नीबू, दाड़िम,
आलू, गोभी, बैंगन, मूली।
पीले मीठे अमरूदों में
अब लाल-लाल चित्तियाँ पड़ीं,
पक गए सुनहले मधुर बेर,
अँवली से तरु की डाल जड़ीं।
लहलह पालक, महमह धनिया,
लौकी औ' सेम फलीं, फैलीं,
मख़मली टमाटर हुए लाल,
मिरचों की बढ़ी हरी थैली।
गंजी को मार गया पाला,
अरहर के फूलों को झुलसा,
हाँका करती दिन भर बन्दर
अब मालिन की लड़की तुलसा।
बालाएँ गजरा काट-काट,
कुछ कह गुपचुप हँसतीं किन-किन,
चाँदी की-सी घण्टियाँ तरल
बजती रहतीं रह-रह खिन-खिन।
छायातप के हिलकोरों में
चौड़ी हरीतिमा लहराती,
ईखों के खेतों पर सुफ़ेद
काँसों की झण्डी फहराती।
ऊँची अरहर में लुका-छिपी
खेलतीं युवतियाँ मदमाती,

चुम्बन पा प्रेमी युवकों के
श्रम से श्लथ जीवन बहलातीं।
बगिया के छोटे पेड़ों पर
सुन्दर लगते छोटे छाजन,
सुन्दर, गेहूँ की बालों पर
मोती के दानों - से हिमकन।
प्रातः ओझल हो जाता जग,
भू पर आता ज्यों उतर गगन,
सुन्दर लगते फिर कुहरे से
उठते-से खेत, बाग़, गृह, वन!
बालू के साँपों से अंकित
गंगा की सतरंगी रेती
सुन्दर लगती सरपत छाई
तट पर तरबूज़ों की खेती!
अँगुली की कंघी से बगुले
कलँगी सँवारते हैं कोई,
तिरते जल में सुरख़ाब, पुलिन पर
मगरौठी रहती सोई।
डुबकियाँ लगाते सामुद्रिक,
धोतीं पीली चोंचें धोबिन,
उड़ अबाबील, टिटिहरी, बया,
चारा चुगते कर्दम, कृमि, तृन।
नीले नभ में चीलों[१] के दल
आतप में धीरे मँडराते,
रह-रह काले, भूरे, सुफ़ेद
चल पंखों में रँग झलकाते।
लटके तरुओं पर विहग नीड़
वनचर लड़कों को हुए ज्ञात,

१. पहले संस्करण में 'पीलो' मिलता है, जो इसलिए सही लगता है क्योंकि यह पर्वतीय प्रयोग है।

रेखा-छबि विरल टहनियों की
ठूँठे तरुओं के नग्न गात।
आँगन में दौड़ रहे पत्ते,
घूमती भँवर-सी शिशिर वात।
बदली छँटने पर लगती प्रिय
ऋतुमती धरित्री सद्य स्नात।
हँसमुख हरियाली हिम-आतप
सुख से अलसाए-से सोए,
भीगी अँधियाली में निशि की
तारक स्वप्नों में-से खोए,—
मरकत डिब्बे-सा खुला ग्राम—
जिस पर नीलम नभ आच्छादन,—
निरुपम हिमान्त में स्निग्ध शान्त
निज शोभा से हरता जन-मन!

['ग्राम्या' से : फ़रवरी' ४० ई०]

सत्ताईस

वह बुड्ढा

खड़ा द्वार पर, लाठी टेके,
वह जीवन का बूढ़ा पंजर,
चिमटी उसकी सिकुड़ी चमड़ी,
हिलते हड्डी के ढाँचे पर।
उभरी ढीली नसें जाल-सी
सूखी ठठरी से हैं लिपटीं,
पतझर में ठूँठे तरु से ज्यों
सूनी अमरबेल हो चिपटी।

उसका लम्बा डील-डौल है,
हट्टी-कट्टी काठी चौड़ी,
इस खँडहर में बिजली-सी
उन्मत्त जवानी होगी दौड़ी!
बैठी छाती की हड्डी अब,
झुकी रीढ़ कमठा-सी टेढ़ी,
पिचका पेट, गढ़े कन्धों पर,
फटी बिवाई से हैं एड़ी।

बैठ, टेक धरती पर माथा,
वह सलाम करता है झुक कर,
उस धरती से पाँव उठा लेने को
जी करता है क्षण भर।
घुटने से मुड़ उसकी लम्बी
टाँगें जाँघें सटी परस्पर,

झुका बीच में शीश, झुर्रियों का
झाँझर मुख निकला बाहर।

हाथ जोड़, चौड़े पंजों की
गुँथी अँगुलियों को कर सन्मुख,
मौन त्रस्त चितवन से,
कातर वाणी से वह कहता निज दुख।
गर्मी के दिन, धरे उपरनी सिर पर,
लुंगी से ढाँपे तन,—
नंगी देह भरी बालों से,—
वनमानुस-सा लगता वह जन।

भूखा है : पैसे पा, कुछ गुनमुना,
खड़ा हो, जाता वह घर,
पिछले पैरों के बल उठ
जैसे कोई चल रहा जानवर!
काली नारकीय छाया निज
छोड़ गया वह मेरे भीतर,
पैशाचिक सा कुछ : दुःखों से
मनुज गया शायद उसमें मर!

['ग्राम्या' से : जनवरी '४० ई०]

अट्ठाईस

वे आँखें

अन्धकार की गुहा सरीखी
उन आँखों से डरता है मन,
भरा दूर तक उनमें दारुण
दैन्य दुःख का नीरव रोदन!
अह, अथाह नैराश्य, विवशता का
उनमें भीषण सूनापन,
मानव के पाशव पीड़न का
देतीं वे निर्मम विज्ञापन!
फूट रहा उनसे गहरा आतंक,
क्षोभ, शोषण, संशय, भ्रम,
डूब कालिमा में उनकी
कँपता मन, उनमें मरघट का तम!
ग्रस लेती दर्शक को वह
दुर्ज्ञेय, दया की भूखी चितवन,
झूल रहा उस छाया-पट में
युग-युग का जर्जर जन-जीवन!
वह स्वाधीन किसान रहा,
अभिमान भरा आँखों में इसका,
छोड़ उसे मँझधार आज
संसार कगार सदृश वह खिसका!
लहराते वे खेत दृगों में
हुआ बेदख़ल वह अब जिनसे,

हँसती थी उसके जीवन की
हरियाली जिनके तृन-तृन से!
आँखों ही में घूमा करता
वह उसकी आँखों का तारा,
कारकुनों की लाठी से जो
गया जवानी ही में मारा!
बिका दिया घर द्वार,
महाजन ने न ब्याज की कौड़ी छोड़ी,
रह-रह आँखों में चुभती वह
कुर्क हुई बरधों की जोड़ी!
उजरी उसके सिवा किसे कब
पास दुहाने आने देती?
अह, आँखों में नाचा करती
उजड़ गई जो सुख की खेती!
बिना दवा-दर्पन के गृहिनी
स्वरग चली,—आँखें आतीं भर,
देख-रेख के बिना दुधमुँही
बिटिया दो दिन बाद गई मर!
घर में विधवा रही पतोहू,
लछमी थी, यद्यपि पतिघातिन,
पकड़ मँगाया कोतवाल ने,
डूब कुएँ में मरी एक दिन!
ख़ैर, पैर की जूती जोरू,
न सही एक, दूसरी आती,
पर जवान लड़के की सुध कर
साँप लोटते, फटती छाती!
पिछले सुख की स्मृति आँखों में
क्षण-भर एक चमक है लाती,

तुरत शून्य में गड़ वह चितवन
तीखी नोक सदृश बन जाती।
मानव की चेतना न ममता
रहती तब आँखों में उस क्षण!
हर्ष, शोक, अपमान, ग्लानि,
दुख, दैन्य न जीवन का आकर्षण!
उस अवचेतन क्षण में मानो
वे सुदूर करतीं अवलोकन
ज्योति तमस के परदों पर
युग-जीवन के पट का परिवर्तन!
अन्धकार की अतल गुहा-सी
अह, उन आँखों से डरता मन,
वर्ग सभ्यता के मन्दिर की
निचले तल की वे वातायन!

['ग्राम्या' से : जनवरी '४० ई०]

उन्तीस

कहारों का रुद्र नृत्य

रंग-रंग के चीरों से भर अंग, चीरवासा-से,
दैन्य शून्य में अप्रतिहत जीवन की अभिलाषा-से,
जटा घटा सिर पर, यौवन की श्मश्रु छटा आनन पर,
छोटी बड़ी तूँबियाँ, रँग-रँग की गुरियाँ सज तन पर,
हुलस नृत्य करते तुम, अटपट धर पटु पद, उच्छृंखल
आकांक्षा से समुच्छ्वसित जन-मन का हिला धरातल!

फड़क रहे अवयव, आवेश-विवश मुद्राएँ अंकित;
प्रखर लालसा की ज्वालाओं-सी अँगुलियाँ कम्पित;
ऊष्ण देश के तुम प्रगाढ़ जीवनोल्लास से निर्भर,
बर्हभार उद्दाम कामना के-से खुले मनोहर!
एक हाथ में ताम्र डमरु धर, एक शिवा की कटि पर,
नृत्य तरंगित रुद्ध पूर-से तुम जन-मन के सुखकर!

वाद्यों के उन्मत्त घोष से, गायन स्वर से कम्पित
जन -इच्छा का गाढ़ चित्र कर हृदय-पटल पर अंकित,
खोल गए संसार नया तुम मेरे मन में, क्षण भर
जन संस्कृति का तिग्म स्फीत सौन्दर्य-स्वप्न दिखला कर!
युग-युग के सत्याभासों से पीड़ित मेरा अन्तर
जन-मानस-गौरव पर विस्मित : मैं भावी चिन्तन पर!

['ग्राम्या' से : फ़रवरी '४० ई०]

तीस

भारतमाता

भारतमाता
ग्रामवासिनी।
खेतों में फैला है श्यामल
धूल भरा मैला-सा आँचल,
गंगा-यमुना में आँसू जल,
मिट्टी की प्रतिमा
उदासिनी!

दैन्य जड़ित अपलक नत चितवन,
अधरों में चिर नीरव रोदन,
युग-युग के तम से विषण्ण मन,
वह अपने घर में
प्रवासिनी।

तीस कोटि सन्तान नग्न तन,
अर्ध क्षुधित, शोषित, निरस्त्र जन,
मूढ़, असभ्य, अशिक्षित, निर्धन,
नत-मस्तक
तरु तल निवासिनी!

स्वर्ण शस्य पर-पदतल लुण्ठित,
धरती-सा सहिष्णु मन कुण्ठित,
क्रन्दन कम्पित अधर मौन स्मित,
राहु ग्रसित
शरदेन्दु हासिनी।

चिन्तित भृकुटि क्षितिज तिमिरांकित,
नमित नयन नभ वाष्पाच्छादित,
आनन श्री छाया-शशि उपमित,
ज्ञान मूढ़
गीता प्रकाशिनी!

सफल आज उसका तप संयम,
पिला अहिंसा स्तन्य सुधोपम,
हरती जन मन भय, भव तम भ्रम,
जन जननी
जीवन विकासिनी!

['ग्राम्या' से : जनवरी '४० ई०]

इकतीस

मजदूरनी के प्रति

नारी की संज्ञा भुला, नरों के संग बैठ,
चिर जन्म सुहृद-सी जन हृदयों में सहज पैठ,
जो बँटा रही तुम जग जीवन का काम-काज
तुम प्रिय हो मुझे : न छूती तुमको काम लाज।

सर से आँचल खिसका है,—धूल भरा जूड़ा,—
अधखुला वक्ष,—ढोती तुम सिर पर धर कूड़ा;
हँसती, बतलाती सहोदरा-सी जन-जन से
यौवन का स्वास्थ्य झलकता आतप-सा तन से।

कुल-वधू-सुलभ संरक्षणता से हो वंचित,
निज बन्धन खो तुमने स्वतन्त्रता की अर्जित।
स्त्री नहीं, आज मानवी बन गईं तुम निश्चित,
जिसके प्रिय अंगों को छू अनिलातप पुलकित!

निज द्वन्द्व प्रतिष्ठा भूल, जनों के बैठ साथ,
जो बँटा रही तुम काम-काज में मधुर हाथ,
तुमने निज तन की तुच्छ कंचुकी को उतार,
जग के हित खोल दिए नारी के हृदय-द्वार!

['ग्राम्या' से : फ़रवरी '४० ई०]

बत्तीस

वाणी !

तुम वहन कर सको जन मन में मेरे विचार,
वाणी मेरी, चाहिए तुम्हें क्या अलंकार!
भव कर्म आज युग की स्थितियों से है पीड़ित,
जग का रूपान्तर भी जनैक्य पर अवलम्बित,
तुम रूप कर्म से मुक्त, शब्द के पंख मार,
कर सको सुदूर मनोनभ में जन के विहार,
वाणी मेरी, चाहिए तुम्हें क्या अलंकार!
चित् शून्य,—आज जग, नव निनाद से हो गुंजित,
मन जड़,—उसमें नव स्थितियों के गुण हों जागृत,
तुम जड़-चेतन की सीमाओं के आर-पार
झंकृत भविष्य का सत्य कर सको स्वराकार,
वाणी मेरी, चाहिए तुम्हें क्या अलंकार!
युग कर्म शब्द, युग रूप शब्द, युग सत्य शब्द,
शब्दित कर भावी के सहस्त्र शत मूक शब्द,
ज्योतित कर जन-मन के जीवन का अन्धकार,
तुम खोल सको मानव-उर के निःशब्द द्वार,
वाणी मेरी, चाहिए तुम्हें क्या अलंकार!

['ग्राम्या' से : फ़रवरी '४० ई०]

तैंतीस

हिमाद्रि

मानदण्ड भू के अखण्ड हे,
पुण्य धरा के स्वर्गारोहण,
प्रिय हिमाद्रि, तुमको हिमकण से
घेरे मेरे जीवन के क्षण!
मुझ अंचलवासी को तुमने
शैशव में आशा दी पावन,
नभ में नयनों को खो, तब से
स्वप्नों का अभिलाषी जीवन!

कब से शब्दों के शिखरों में
तुम्हें चाहता करना चित्रित
शुभ्र शान्ति में समाधिस्थ हे
शाश्वत सुन्दरता के भूभृत्!
बाल्य चेतना मेरा तुममें
जड़ीभूत आनन्द तरंगित,
तुम्हें देख सौन्दर्य-साधना,
महाश्चर्य से, मेरी विस्मित!

जिन शिखरों को स्वर्ण किरण नित
ज्योति-मुकुट से करतीं मण्डित,
जिन पर सहसा स्खलित तड़ित
हो उठती निज आलोक से चकित!
जिन शिखरों पर रजत पूर्णिमा
सिन्धु-ज्वार-सी लगती स्तम्भित,
जिनकी नीरवता में मेरे
गीत-स्वप्न रहते थे झंकृत!

जिनकी शीतल ज्वाला में जल
बनी चेतना मेरी निर्मल,
प्राण हुए आलोकित जिनके
स्वर्गोन्नत सौन्दर्य से सजल!
हृदय चाहता काव्य कल्पना को
किरीट पहनाना उज्ज्वल
स्मृति में ज्योति तरंगित स्वर्गिक
शृंगों के आलोक का तरल!

वसुधा की महदाकांक्षा-से
स्वर्ग क्षितिज से भी उठ ऊपर,
अन्तर आलोकित-से स्थित तुम
अमरों का उल्लास पान कर!
उरोभार से तरुण, धरणि के
सोया स्वर्ग शीश धर जिस पर,
तुम भारत के शाश्वत गौरव
प्रहरी-से जागरित निरन्तर!

रवि की किरणें जिसे स्पर्श कर
हो उठतीं आलोक निनादित,
जिस पर ऊषा-सन्ध्या की छवि
आदि सृष्टि-सी ही स्वर्णांकित
इन्दु स्फीत तुम स्फटिक धवलिमा
के क्षीरोदधि-से हिल्लोलित,
ज्योत्स्ना में थे स्वप्न मौन
अप्सरा लोक-से लगते मोहित!

सुरँग[१] प्रवालों की रत्नश्री
अहरह रहती जहाँ मर्मरित,
देवदारु की चारु सूचि से
मरकत तलहटियाँ रोमांचित!

---

१. पहले संस्करण में 'नवल' मिलता है।

मौन स्वर्ग मुख पर अंकित तुम,
शुचि दिगन्त स्मित-से चिर शोभित,
आदि तत्त्व-से अपनी ही शोभा
विलोक रहते अनिमेषित!

नीली छायाएँ थीं तन पर
लगतीं आभा की-सी सिकुड़न,
इन्दु किरण मण्डल से दीपित
उड़ते थे शत हँसमुख हिमकण!
स्वर्दूतों के पंखों से स्मित
तड़ित चकित हिम के रोमिल घन
रंगों से वेष्टित रखते थे
तुमको हे आलोक निरंजन!

प्रति वत्सर आती थी मधुऋतु
सद्यःस्फुट देही ले कुसुमित,
चीर रश्मियों को, फूलों के
अंगों पर निज कर शत रंजित!
खुलती पंखड़ियों की कंचुक
सौरभ श्वासों से थी स्पन्दित,
मेरे शैशव को नित उसकी
गीत कोकिला रखती कूजित!

कलरव, स्वप्नातप, सुरधनु पट,
शशिमुख, हिमस्मिति, गात्र ले श्वसित,
षड्ऋतु करती थीं परिक्रमा
अप्सरियों-सी सुरपति प्रेषित!
शरद चन्द्रिका हो जाती थी
स्वप्नों के शृंगों पर विजड़ित,
हिम की परियों का अंचल उड़
जग को कर लेता था परिवृत!

रंग-रंग के चित्रित पक्षी
उड़ते नभ में गीत तरंगित,
नील पीत भृंगों का गुंजन
मौन क्षणों को रखता मुखरित!
ऊष्मा का सूर्यातप तुम में
लगता शीतलता-सा मूर्तित,
इन्द्रचाप पुल पर, वर्षा में,
सुरबालाएँ आ जातीं नित!

जग, प्रच्छाय गुहाओं में, नव
वाष्पों के गज भरते गर्जन,
चंचल विद्युत् लेखाएँ थीं
लिपट दृगों से जातीं तत्क्षण!
ताराओं के साथ सहज
शैशव स्वप्नों से भर जाता मन,
उठते थे तुम अन्तर में
सौन्दर्य स्वप्न शृंगों पर मोहन!

मेघों की छाया के सँग-सँग,
हरित घाटियाँ चलतीं प्रतिक्षण,
वन के भीतर उड़ता चंचल
चित्र तितलियों का कुसुमित वन!
रँग-रँग के उपलों पर रणमण
उछल उत्स करते कल गायन,
झरनों के स्वर जम-से जाते
रजत हिमानी सूत्रों में घन!

भीम विशाल शिलाओं का वह
मौन, हृदय में अब तक अंकित,
फेनों के जल-स्तम्भों-से वे
निर्झर रभस वेग से मुखरित!

चीड़ों के तरु वन का तम
साँसें भरता मन में आन्दोलित,
दरियों की गहरी छायाएँ
ज्योतिरिंगणों से थीं गुम्फित!

गाते उर में क्षिप्र स्रोत,
लहराते सर तुषार के निर्मल,
सौरभ की गुंजित अलकों से
छू समीर, उर करता शीतल!
नीला, पीला, हरा, लाल
चपलाओं का नभ जगता चंचल;
रजत कुहासे में, क्षण में,
माया प्रान्तर हो जाता ओझल!

सम्भव, पुरा तुम्हारी द्रोणी
किन्नर मिथुनों से हों कूजित,
छाया-निभृत गुहाएँ उन्मद,
रति सौरभ से सतत उच्छ्वसित!
औषधियाँ जल-जल दरियों के
स्वप्न-कक्ष करती हों दीपित,
ओसों के वन में मिलते हों
स्तन-हारों के मुक्ताफल स्मित!

मदन दहन की भस्म अनिल में
उड़, अब तक तन करती पुलकित,
सती अपर्णा के तप से
वनश्री अवाक्-सी लगती विस्मित!
अब भी ऊषा वहाँ दीखती
वधू उमा के मुख-सी लज्जित,
बढ़ती चन्द्र कला भी गिरिजा-सी
हो गिरि के क्रोड़ में उदित!

अब भी वही वसन्त विचरता
पुष्प शरों से भर दिगन्त स्मित,
गन्धोद्दाम धरा वह ही, पाषाण
शिलाएँ पुलक पल्लवित!
अब भी प्रिय गौरा का शैशव
वर्णन करते खग-पिक मुखरित,
देवदारु के ऊर्ध्व शिखर
वैसे ही शंकर-से समाधि-स्थित!

अभी उतरता कूर्म सानु पर
वप्र क्रीड़ा परिणत गज घन,
वातायन से मन्द स्वनित[1] कर
देता कवि सन्देश आर्द्र स्वन!
अब भी अलकें उठा देखतीं
ग्राम वधू उसको सरल नयन,
शुभ्र बलाकों के दल नभ में
कल ध्वनि भर करते अभिवादन!

× × ×

आ जीवनोदधि के तट पर
खड़ा अवांछित, क्षुब्ध, उपेक्षित,
देख रहा मैं क्षुद्र अहम् की
शिखर लहरियों का रण कुत्सित!
सोच रहा, किसके गौरव से
मेरा यह अन्तर जग निर्मित,
लगता तब, हे प्रिय हिमाद्रि,
तुम मेरे शिक्षक रहे अपरिचित!

और, पूछता मैं मन से, क्या
यह धरती रह सकती जीवित
जो तुम स्वर्गिक गरिमा भू पर
बरसाते रहते न अपरिमित!

---

१. पहले संस्करण में 'स्तनित' मिलता है।

शिखर-शिखर ऊपर उठ तुमने
मानव-आत्मा कर दी ज्योतित,
हे असीम आत्मानुभूति में
लीन ज्योति शृंगों के भूभृत्!

घनीभूत अध्यात्म तत्त्व-से,
जिससे ज्योति सरित शत निःसृत,
प्राणों की हरियाली से स्मित
पृथ्वी तुमसे महिमा मण्डित!
स्फटिक[१] सौध-से श्री शोभा के
रश्मि रेख शृंगों से कल्पित,
स्वर्ग-खण्ड तुम इस वसुधा पर
पुण्य तीर्थ हे देव प्रतिष्ठित!

['स्वर्ण किरण' से]

---

१. पहले संस्करण में 'संग' मिलता है।

चौंतीस

कुण्ठित

तुम्हें नहीं देता यदि अब सुख
चन्द्रमुखी का मधुर चन्द्र मुख;
रोग जरा औ' मृत्यु देह में,—
जीवन चिन्तन देता यदि दुख,
आओ प्रभु के द्वार!

जन समाज का वारिधि विस्तृत
लगता अचिर फेन से मुखरित,
हँसी खेल के लिए तरंगें
तुम्हें न यदि करतीं आमन्त्रित,
आओ प्रभु के द्वार!

मेघों के सँग इन्द्रचाप-स्मित
यदि न कल्पना होती धावित,
शरद-वसन्त नहीं हरते मन
शशि-मुख दीपित, स्वर्ण मंजरित,
आओ प्रभु के द्वार!

प्राप्त नहीं जो ऐसे साधन
करो पुत्र-दारा का पालन,
पौरुष भी जो नहीं, कर सको
जन मंगल, जनगण परिचालन,
आओ प्रभु के द्वार!

सम्भव है, तुम मन के कुण्ठित,
सम्भव है, तुम जग से लुण्ठित,
तुम्हें लोह से स्वर्ण बना प्रभु
जग के प्रति कर देंगे जीवित,
आओ प्रभु के द्वार!

['स्वर्णधूलि' से]

पैंतीस

सावन

झम झम झम झम मेघ बरसते हैं सावन के,
छम-छम-छम गिरती बूँदें तरुओं से छन के।
चम चम बिजली चमक रही रे उर में घन के,
थम थम दिन के तम में सपने जगते मन के!

ऐसे पागल बादल बरसे नहीं धरा पर,
जल फुहार बौछारें धारें गिरतीं झर-झर!
आँधी हर हर करती, दल मर्मर, तरु चर् चर्,
दिन-रजनी औ' पाख बिना तारे-शशि-दिनकर!

पंखों-से रे, फैले-फैले ताड़ों के दल,
लम्बी-लम्बी अंगुलियाँ हैं, चौड़े करतल!
तड़-तड़ पड़तीं वारि धार गिर उन पर चंचल
टप-टप झरतीं कर मुख के जल-बूँदें झलमल!

नाच रहे पागल हो ताली दे-दे चल-दल,
झूम-झूम सिर नीम हिलातीं सुख से विह्वल!
हरसिंगार झरते, बेला कलि बढ़तीं पल-पल
हँसमुख हरियाली में खग कुल गाते मंगल!

दादुर टर-टर करते, झिल्ली बजतीं झन-झन,
म्याँउ-म्याँउ रे मोर, पीउ-पीउ चातक के गण!
उड़ते सोन बलाक आर्द्र सुख से कर क्रन्दन,
उमड़-घुमड़ घिर मेघ गगन में भरते गर्जन!

वर्षा के प्रिय स्वर उर में बुनते सम्मोहन,
प्रणयातुर शत कीट विहग करते सुख गायन!
मेघों का कोमल तन श्यामल तरुओं से छन,
मन में भू की अलस लालसा भरता गोपन!

रिमझिम-रिमझिम क्या कहते बूँदों के स्वर,
रोम सिहर उठते, छूते वे भीतर अन्तर!
धाराओं पर धाराएँ झरतीं धरती पर,

रज के कण-कण में तृण-तृण की पुलकावलि भर!
पकड़ वारि की धार झूलता है मेरा मन,
आओ रे सब मुझे घेर कर गाओ सावन!
इन्द्रधनुष के झूले में झूलें मिल सब जन,
फिर-फिर आए जीवन में सावन मनभावन!

['स्वर्णधूलि' से]

छत्तीस

आजाद

पैग़म्बर के एक शिष्य ने
पूछा, 'हज़रत, बन्दे को शक
है आज़ाद कहाँ तक इंसाँ
दुनिया में, पाबन्द कहाँ तक?'
'खड़े रहो!' बोले रसूल तब,
'अच्छा, पैर उठाओ ऊपर'
'जैसा हुक्म!' मुरीद सामने
खड़ा हो गया एक पैर पर!

'ठीक, दूसरा पैर उठाओ'
बोले हँस कर नबी फिर तुरत,
बार बार गिर, कहा शिष्य ने
'यह तो नामुमकिन है हज़रत!'
'हो आज़ाद यहाँ तक, कहता
तुमसे एक पैर उठ ऊपर,
बँधे हुए दुनिया से, कहता
पैर दूसरा अड़ा ज़मीं पर!'—
पैग़म्बर का था यह उत्तर!

['स्वर्णधूलि' से]

सैंतीस

आः धरती कितना देती है !

मैंने छुटपन में छिपकर पैसे बोये थे,
सोचा था, पैसों के प्यारे पेड़ उगेंगे,
रुपयों की कलदार मधुर फ़सलें खनकेंगी
और, फूल फल कर, मैं मोटा सेठ बनूँगा!

पर बंजर धरती में एक न अंकुर फूटा,
बन्ध्या मिट्टी ने न एक भी पैसा उगला!
सपने जाने कहाँ मिटे, सब धूल हो गये!
मैं हताश हो, बाट जोहता रहा दिनों तक

बाल-कल्पना के अपलक पाँवड़े बिछाकर।
मैं अबोध था, मैंने ग़लत बीज बोये थे,
ममता को रोपा था, तृष्णा को सींचा था।
अर्धशती हहराती निकल गयी है तब से!

कितने ही मधु पतझर बीत गये अनजाने,
ग्रीष्म तपे, वर्षा झूलीं, शरदें मुसकायीं,
सी-सी कर हेमन्त कँपे, तरु झरे, खिले वन!
औ' जब फिर से गाढ़ी ऊदी लालसा लिये

गहरे कजरारे बादल बरसे धरती पर,
मैंने, कौतूहलवश, आँगन के कोने की
गीली तह को यों ही उँगली से सहलाकर
बीज सेम के दबा दिये मिट्टी के नीचे!

भू के अंचल में मणि-माणिक बाँध दिये हों!
मैं फिर भूल गया इस छोटी-सी घटना को,
और बात भी क्या थी याद जिसे रखता मन!
किन्तु, एक दिन, जब मैं सन्ध्या को आँगन में

टहल रहा था, तब सहसा मैंने जो देखा,
उससे हर्ष-विमूढ़ हो उठा मैं विस्मय से!
देखा, आँगन के कोने में कई नवागत
छोटी-छोटी छाता ताने खड़े हुए हैं!

छाता कहूँ कि विजय पताकाएँ जीवन की,
या हथेलियाँ खोले थे वे नन्ही, प्यारी,—
जो भी हो, वे हरे-हरे उल्लास से भरे,
पंख मार कर उड़ने को उत्सुक लगते थे,

डिम्ब तोड़कर निकले चिड़ियों के बच्चों से!
निर्निमेष, क्षण भर, मैं उनको रहा देखता,—
सहसा मुझे स्मरण हो आया,—कुछ दिन पहिले,
बीज सेम के रोपे थे मैंने आँगन में,

और उन्हीं से बौने पौधों की यह पलटन
मेरी आँखों के सम्मुख अब खड़ी गर्व से,
नन्हें नाटे पैर पटक बढ़ती जाती है!
तब से उनको रहा देखता,—धीरे-धीरे,

अनगिनती पत्तों से लद, भर गयीं झाड़ियाँ,
हरे-भरे टँग गए कई मख़मली चँदोवे!
बेलें फैल गयीं बल खा, आँगन में लहरा,—
और सहारा लेकर बाड़े की टट्टी का

हरे-हरे सौ झरने फूट पड़े ऊपर को!
मैं अवाक् रह गया वंश कैसे बढ़ता है!

छोटे, तारों-से छितरे, फूलों के छींटे
झागों-से लिपटे लहरी श्यामल लतरों पर

सुन्दर लगते थे, मावस के हँसमुख नभ-से,
चोटी के मोती-से, आँचल के बूटों-से!
ओह, समय पर उनमें कितनी फलियाँ टूटीं!
कितनी सारी फलियाँ, कितनी प्यारी फलियाँ,

पतली चौड़ी फलियाँ-उफ़, उनकी क्या गिनती!
लम्बी-लम्बी अंगुलियों सी, नन्ही - नन्ही
तलवारों-सी, पन्ने के प्यारे हारों-सी;
झूठ न समझें, चन्द्र-कलाओं-सी नित बढ़तीं,

सच्चे मोती की लड़ियों-सी, ढेर - ढेर खिल,
झुण्ड-झुण्ड झिलमिलकर कचपचिया तारों-सी!
आ:; इतनी फलियाँ टूटीं, जाड़ों भर खायीं,
सुबह-शाम घर-घर में पकीं, पड़ोस-पास के

जाने-अनजाने सब लोगों में बँटवायीं,
बन्धु-बान्धवों, मित्रों, अभ्यागत, मँगतों ने,
जी भर-भर दिन-रात मुहल्ले भर ने खायीं!
कितनी सारी फलियाँ, कितनी प्यारी फलियाँ!

यह धरती कितना देती है! धरती माता
कितना देती है अपने प्यारे पुत्रों को
नहीं समझ पाया था मैं उसके महत्त्व को!
बचपन में, छि: स्वार्थ-लोभवश पैसे बो कर!

रत्न प्रसविनी है वसुधा, अब समझ सका हूँ!
इसमें सच्ची समता के दाने बोने हैं,
इसमें जन की क्षमता के दाने बोने हैं
इसमें मानव-ममता के दाने बोने हैं,

जिससे उगल सके फिर धूल सुनहली फ़सलें,
मानवता की—जीवन-श्रम से हँसें दिशाएँ!
हम जैसा बोयेंगे, वैसा ही पायेंगे!

['अतिमा' से]

अड़तीस

संदेश

मैं खोया-खोया-सा, उचाट मन, जाने कब
सो गया, तख़्त पर लुढ़क, अलस दोपहरी में,
दुःस्वप्नों की छाया से पीड़ित, देर तलक
उपचेतन की गहरी निद्रा में रहा मग्न!

जब सहसा आँख खुली तो मेरी छाती पर
था असन्तोष का भारी रीता बोझ जमा!
मन को कचोटती थी उधेड़-बुन जाने क्या,
अज्ञात हृदय-मन्थन-सा चलता था भीतर,—

अवसाद घुमड़ता था उर में कड़वा, फीका!
सब अस्त-व्यस्त विशृंखल लगता था जीवन,—
मेरा कमरा ही परिचित कमरा नहीं रहा,
जो ऊब-ऊब उठता था, मन बैठा जाता!

मैं सोच रहा था, जाने क्या हो गया मुझे,
मन किन अनजानी डगरों में है भटक गया,
कितने अँधियारे कोने हैं मानव मन के!
कुछ किये नहीं बनता, दिन यों ही बीत रहे,

पानी-सी बहती आयु कभी क्या लौटेगी?
इस निरुद्देश्य जीवन से किसको लाभ भला?
भू-भार बने रहने से तो मरना अच्छा!
इतने में मेरी दृष्टि फ़र्श पर जा अटकी,

जिस पर जाड़े की चिट्टी, ढलती, नरम धूप
खिड़की की चौखट को कुछ लम्बी-तिरछी कर
थी चमक रही टूटे दर्पण के टुकड़े-सी,—
पिघली चाँदी के थक्के-सी छलकी चौड़ी!

जाजिम पर थी बन गयी तलैया मोती की,
जिसमें स्वप्नों की ज्वालाएँ लहराती थीं!
दूधिया भावना में उफान उठ आया हो!
मैं क्षण भर में मन के विषाद को भूल गया,

वह धूप स्निग्ध चेतना स्पर्श-सी लगी मुझे—
ज्यों राजहंस उतरा हो खिड़की के पथ से!
मेरा मन दुबिधा-मुक्त हो गया, दुःख भूल,
घन के घेरे से निकल चाँद हँस उठता ज्यों!

वह मौन नीलिमा निलयों में बसने वाली,
रूपहली घनों की अलकें सहलाने वाली,
वह सूर्यमुखी किरणों की परियों से वाहित
सुकुमार सरोरुह-से स्तनवाली सलज धूप!—

वह रजत प्रसारों में स्वर्णिम अँगड़ाई भर
ऊषा की स्वप्निल पलकों पर जगने वाली,
वह हेम हंस पंखों पर नित उड़ने वाली
गोरी ग्रीवा बाँहों वाली चम्पई धूप!—

वह तुहिन वाष्प के धूप-छाँह बल्कल पहनी
सौरभ मरन्द तन वाली, मलयज सनी धूप,
वह फूलों के मृदु मुखड़ों पर हँसने वाली
नीले ढालों पर सोने वाली सुघर धूप!—

वह हरी दूब के पाँवड़ पर चलने वाली
रेशमी लहरियों बीच बिछल जाने वाली,

वह मुक्ता स्मित सीपी के सतरँग पंख खोल
शत इन्द्रधनुष फहराने वाली सजल धूप,—

वह चाँदी की शफरी-सी उछल अतल जल से
चमकीला पेट दिखा अकूल के पावक का
मेरे कमरे के तुच्छ पटल पर, धूल भरे
मख़मली गलीचे पर, चुपके सहमी बैठी,

मेरे कठोर उर को कृतज्ञता-कोमल कर
सुख द्रवित कर गयी, प्रीति मौन सम्वेदन दे!
मैं उसे देख, श्रद्धा सम्भ्रम से उठ बैठा;
वह मुझे देख स्नेहार्द्र दृष्टि, मुसकुरा उठी!

वह विश्व प्रकृति की दूती बन कर आयी थी,—
मैं स्मृति विभोर, स्वप्नस्थ हो उठा कुछ क्षण को,
वह मेरे ही भीतर से मुझसे यों बोली—
"क्या हुआ तुम्हें, ओ जीवन शोभा के गायक,

तुम ज्योति प्रीति आशा के स्वर बरसाते थे!—
उल्लास मधुरिमा, श्री सुषमा के छन्द गूँथ
तुम अमरों को कर स्वप्न मूर्त, धर लाते थे!
क्यों आज तुम्हारी वीणा वह निःस्पन्द पड़ी?

क्यों अब पावक के तार न मधु वर्षण करते?
कल्पना, भोर के पंछी-सी उठ लपटों में,
क्यों नहीं स्वप्न पंखी उड़ान भरती नभ में?
"क्या सोच रहे हो? उठो, क्षुब्ध मन शान्त करो!

तुम भी क्या जग की चिन्ता के कर्दम में सन
सन्देह दग्ध, उद्भ्रान्त चित्त हो, खोज रहे—
"क्या है जीवन का ध्येय, प्रयोजन संसृति का
सुख दुख क्यों हैं, मानव क्यों है या तुम क्यों हो?

''तुम भी वादों के वेष्टन में मन को लपेट
मानव-जीवन के अमित सत्य का विकृत रूप
गढ़ने को आतुर हो?—सस्ता संस्करण एक
निर्मित कर उसका, थोथे तर्कों के बल पर?—

जन सृजन चेतना को, विकास क्रम को अनन्त
अंजलि पुट में बन्दी करने का साहस कर!!
''या भौतिक मूल्यों की वेदी पर बलि दे कर
मानव-मूल्यों की, तुम धरती पर नया स्वर्ग

रचने को व्याकुल हो, यन्त्रों के चक्रों में
मानव का हृदय कुचल, लोहे की टापों से?
अथवा तुम हिंसक स्वार्थों के पंजे फैला
नोचना चाहते जीवन के सुन्दर मुख को!!

''तुम भूल गये क्या मातृ प्रकृति को? तुम जिसके
आँगन में खेले-कूदे, जिसके आँचल में
सोये जागे, रोये गाये, हँस, बड़े हुए!
जो बाल सहचरी रही तुम्हारी, स्वप्न प्रिया,

जो कला मुकुर बन गयी तुम्हारे हाथों में,—
तुम स्वप्न धनी हो जिसके बने अमर शिल्पी!
''जिसने कोयल बन सिखलाया तुमको गाना,
मृदु गुंजन भर बतलाया मधु संचय करना,—

फूलों की कोमल बाँहों के आलिंगन भर!
जिसके रंगों की भावुक तूली से तुमने
शोभा के पदतल रँगे, मनुज का मुख आँका,
जिससे ले कर मधु स्पर्श शब्द रस गन्ध दृष्टि

तुमने स्वर निर्झर बरसाये सुख से मुखरित!
''अब जन नगरों की अन्धी गलियों में खोये,

ऊँचे भवनों की काराओं में बन्दी हो,
तुम अपनी ही चिन्ता में घुलते जाते हो!

क्या लोक मान मर्यादा की पा स्थूल दृष्टि
निज सूक्ष्म स्वप्नदर्शी दृग तुमने मूँद लिये?
"लो, मैं असीम का लाई हूँ सन्देश तुम्हें!
आओ, फिर खुली प्रकृति की गोदी में बैठो,

फिर दिक् प्रसन्न जीवन के आँगन में खेलो,—
उद्देश्यहीन भी रहना जहाँ मधुर लगता!
फिर स्वप्न-चरण धर विचरो शाश्वत के पथ में,
कल्पना-सेतु बाँधो भावी के क्षितिजों में!

"मन को विराट् की आत्मा से कर सर्वयुक्त
तुम प्यार करो, सुन्दरता से रहना सीखो,—
जो अपने ही में पूर्ण स्वयं है लक्ष्य स्वयं!
कवि, यही महत्तर ध्येय मनुज के जीवन का!"

मैं मन की कुण्ठित कूप वृत्ति से बाहर हो,
चिन्ताओं के दुर्बोध भँवर से निकल शीघ्र
पाहुन प्रकाश के निरवधि क्षण में डूब गया,—
सुनहली धूप के करतल के शाश्वत में लय!

मन से ऊपर उठ, तन की सीमाओं से कढ़,
फिर स्वस्थ समग्र, प्रफुल्ल पूर्ण बन, मोहमुक्त
मैं विश्व प्रकृति की महदात्मा में समा गया!
मुझको प्रसन्न मन देख, धूप सकुचा...कुम्हला...

बोलो; "अब विदा! मुझे जाना है! वह देखो,
किरणें अस्ताचल पर कंचन पालकी लिये
मुझको ठहरी हैं, क्षितिज रेख का सेतु बाँध!
"युग सन्ध्या यह, अस्तमित एक इतिहास वृत्त,

ढलने को ब्रह्म अहन्, बुझने को कल्प सूर्य,
मुँदने को मानस-पद्म,—उदित ज्योतिर्मय कवि,—
घूमता विवर्तन चक्र, आज संक्रान्ति काल!—
"यदि अन्धकार का घोर प्रहर टूटे तुम पर

तो मुझे स्मरण रखना, यह ज्योति धरोहर लो,—
जब होगी मानस ग्लानि, घिरेगी मोह निशा,
मैं नव प्रकाश सन्देशवाह बन आऊँगी,
सन्ध्या पलनों में झुला सुनहले युग प्रभात!"

यह कह वह अन्तर्धान हो गयी पल भर में,
सिमटा अपने आभा के अंगों को उर में!

['अतिमा' से]

उन्तालीस

कृतज्ञता

मैं कृतार्थ हूँ, देह, तृणों के लघु दोने में
तुम मेरी आत्मा का पावक करती धारण,—
बहता सुर संगीत तुम्हारी शिरा-शिरा में
जब मैं कर्म क्षुधित अवयव करता संचालन!

मैं कृतज्ञ, मन, अन्धकार को टोह अनुक्षण
तुम प्रकाश अंगुलि बन करते पथ-निर्देशन;
भाव, बुद्धि, प्रेरणा,—ब्राह्म श्रेणियाँ पार कर
तुम तन्मय हो बनते शाश्वत मुख के दर्पण!

प्राण, धन्य तुम, रजत हरित ज्वारों में उठकर
आशा आकांक्षा के मोहित फेनिल सागर,
चन्द्रकला को बिठा स्वप्न की ज्वाल तरी में
तुम बिखेरते रत्न-छटा आनन्द तीर पर!

मैं उपकृत, इन्द्रियो,—रूप रस गन्ध स्पर्श स्वर
लीला द्वार खुले अनन्त के बाहर भीतर;
अप्सरियों से दीपित सुरधनुओं के अम्बर
निज असीम शोभाओं में तुम पर न्योछावर!

प्रेम, प्रणत हूँ, मेरे हित तुम बने चराचर,
ज्योति, मुग्ध हूँ तुम उज्ज्वल उर मुकुर अगोचर;
शान्ति, देह मन की तुम सात्विक सेज अनश्वर,
प्रिय आनन्द, छन्द तुम मेरे, आत्मा के स्वर!

['वाणी' से]

चालीस

आत्मनिवेदन

ऐसा नहीं कि छन्द गन्ध रस भीने ये कोकिल स्वर
मेरी काव्य कला के शेष चरण हैं,—
नहीं, लोक मुख बिम्बित, मेरे सृजन कक्ष में,
हरित धरा-जीवन से अंकित,
धरा महत् पर्वत दर्पण है!

प्रतिच्छवित अन्तर में भावी के स्वर्णिम युग,
मनुष्यत्व का शुभ्र किरण-मण्डित आनन है!
छन्द मुखर, रस भीगे, प्राणों के पावक स्वर
घुमड़ रहे अब उर अम्बर में
मधु मादन गर्जन भर,
घेर रहे मुझको गहरी आकांक्षाओं के
नील मेघ, इन्द्रिय तम के घन केश जाल
छहरा कर;

डूब रहा मैं हरे मख़मली कलुष पंक में—
अतल चेतना का मद विह्वल सागर;
नहीं ज्ञात था, धरती से अम्बर तक
तमस प्रकाश रूप में
मेरी ही सत्ता के फैले
सूक्ष्म स्थूल अगणित मोहक
कामद स्तर!

स्वर्ण शिखा ले उतरा हूँ मैं गहन गुहा में,
रुचि संस्कार नहीं औ' स्मृति संचार नहीं,—
कर्दम पर बैठा जड़ आनन्द समाधित!
पाप-पुण्य में दिखा कहीं भी भेद नहीं,—
बस, महाशक्ति का मुक्त प्रसार अपरिमित!

रेंग रहा तल में जो कल-कल गरल स्त्रोत
काले भुजंग-सा,
अमृत उत्स बन गया ऊर्ध्व मुख सर्जित :
वाणी बोध विचार भाव रस मधु प्रकाश की
स्वर्ण वृष्टि से हुए प्राण मन हर्षित!

ऐसा नहीं कि मैं प्रकाश ही का प्रेमी हूँ,
मुझे चाहिये भाव प्रेम रस, श्रद्धापूर्ण समर्पण :
श्रेय प्रेय हो, व्यक्ति धर्म हो, लोक कर्म हो,
सबसे ऊपर, ओत-प्रोत हो रस से अन्तर,
तन्मय प्राणों में हो प्रीति अकारण!

पर्वत-सा दर्पण मानस का सूना हो या भरा हुआ
दोनों स्थितियों में तुम्हीं उपस्थित रहो
हृदय में अनुक्षण!

ऐसा नहीं कि छन्द चरण रस गीले ये
सुख-दुख सुरभित स्वर
मेरे काव्य कण्ठ के अन्तिम मर्म वचन हैं!
गूँज रहे अन्तर में भावी के स्वर्णिम युग,—
मनुष्यत्व का शुभ्र ज्योति-मण्डित प्रांगण है!

['वाणी' से]

इकतालीस

प्रेम

मैंने
गुलाब की
मौन शोभा को देखा!
उससे विनती की
तुम अपनी
अनिमेष सुषमा की
शुभ्र गहराइयों का रहस्य
मेरे मन की आँखों में
खोलो!

मैं अवाक् रह गया!
वह सजीव प्रेम था!
मैंने सूँघा,
वह उन्मुक्त प्रेम था!
मेरा हृदय
असीम माधुर्य से भर गया

मैंने
गुलाब को
ओठों से लगाया!
उसका सौकुमार्य
शुभ्र अशरीरी प्रेम था!

मैं गुलाब की
अक्षय शोभा को
निहारता रह गया!

['कला और बूढ़ा चाँद' से]

बयालीस

दन्तकथा

पुरानी ही दुनिया अच्छी
पुरानी ही दुनिया!

नदी में कमल बह रहे—
कहाँ से आ रहे?

किनारे-किनारे
स्त्रोत की ओर
जाते...जाते...देखा,
नदी के बीच
रंगीन भँवर पड़ा है;—
उसी से फुहार की तरह
कमल बरस रहे हैं!
हाय रे, गोरी की नाभि-से भँवर!
पास जाते ही
भँवर ने लील लिया!—
वह परियों के महल का
द्वार था!
परियाँ खिल खिला कर
हँसीं!—
भौंहों के संकेत से कहा,
राजकुमारी से ब्याह करो!
परियों की राजकुमारी
नत चितवन
मुसकुरा दी!—

उसके जूड़े में
वैसा ही कमल था!
पुरानी ही दुनिया अच्छी,
पुरानी ही दुनिया!

वह सीधा था,
हृदय में दया थी!
झाड़-फूँस की कुटी,—
भगवान परीक्षा लेने आए!
भस्म रमाए, झोली लटकाए,—
उन्होंने हाथ फैलाए
भीख माँगी!
मुट्ठी भर अन्न पाकर
चुपके,
वरदान दे गए!...
झाड़-पात की कुटी
सोने का महल बन गई!
द्वारपाल चँवर डुला रहे हैं,—
बुढ़िया ब्राह्मणी
नवयुवती बन गई,
शची-सा श्रृंगार किए है!
पुरानी ही दुनिया अच्छी,
पुरानी ही दुनिया!

एक थी स्त्री, एक था पुरुष,
दोनों प्रेम-डोर में बँधे,
सच्चे प्रेमी-प्रेमिका थे!
मन्दिर के अजिर में पड़े रहते,
देवी का प्रसाद पाते!
दोनों एक साथ मरे!—
मर कर

हरे-भरे लम्बे
पेड़ बन गए!

अब
दोनों धूपछाँह में
आँखमिचौनी खेलते,
दिन भर पत्तों के ओंठ हिला
गुपचुप
बातें करते!
वसन्त में कोयल पूछती,
कुहू, कुहू
कौन है, कौन है?

बरसात में
पपीहा उत्तर देता
पिऊ, पिऊ,
प्रिय हूँ, प्रिय हूँ!

पुरानी ही दुनिया अच्छी,
सच,
पुरानी ही दुनिया!

['कला और बूढ़ा चाँद' से]

तैंतालीस

सदानीरा

तुम्हें नहीं दीखी?
बिना तीरों की नदी,
बिना स्त्रोत की
सदानीरा!

वेगहीन, गतिहीन,
चारों ओर बहती,
नहीं दीखी तुम्हें
जलहीन, तलहीन
सदानीरा?

आकाश नदी है, समुद्र नदी,
धरती पर्वत भी
नदी हैं!

आकाश नील तल,
समुद्र भँवर,
धरती बुद्बुद, पर्वत तरंग हैं,
और वायु
अदृश्य फेन!

तुम नहीं देख पाए!

छन्दहीन, शब्दहीन, स्वरहीन, भावहीन,

स्फुरण, उन्मेष, प्रेरणा,—

झरना, लपट,

आँधी!

नीचे, ऊपर सर्वत्र

बहती सदानीरा—

नहीं दीखी तुम्हें?

['कला और बूढ़ा चाँद' से]

चौवालीस

लोकायतन से

क्यों जीवन-विमुख मनुज ने
संन्यास लिया आँगन से?
छल स्वर्ग-नरक के भय ने
वनवास दिया जीवन से?

अति वैयक्तिक मूल्यों में
कब सिमट गया विधि प्रेरित
सामूहिक जन-जीवन का
विस्तृत यथार्थ श्रम-संचित!

विच्छिन्न जगत जीवन से
मन प्राणों से भी वंचित,
आत्मा के स्तर पर भगवत्
अनुभव आंशिक था निश्चित!

मिथ्या बन गया जगत-पट,
माया भू-जीवन का वर,
इह-पर की कल्पित खाई
बढ़ती ही गयी निरन्तर!

दुखमय, भंगुर जग जीवन,
प्रिय सृष्टि अविद्या आश्रित,
पर-लोक, शून्य कामी मन
जन भू से हुआ प्रवासित!

विधि यज्ञ कर्म-काण्डों के
कृश ढाँचे में जकड़े जन

अन्धे विश्वासों, थोथी
आस्थाओं में खोये मन!—

बहु पाप-पुण्य सन्तापित
अपवर्ग स्वर्ग सुख कातर,
गत जन्म कर्म फल बन्धन,
शृंखला त्रस्त कायर नर!

शत जाति-पाँति वर्णों में,
भेड़ों, कीड़ों-से पुंजित,
नत शीश, भग्न रीढ़ों पर
लघु राग-द्वेष भय-खण्डित!

स्मृति जीर्ण व्यवस्थाओं की
कारा में बन्दी, स्तम्भित,
सामूहिक जीवन के प्रति
बंजर विरक्ति से कुण्ठित!

कटु मुण्ड मतों, गुट धर्मों,
वादों में क्रूर विभाजित,
संस्कृति के कठपुतलों से
मृत अभ्यासों से चालित!

प्रेरणा-शक्ति से वंचित
जन रहे न आविष्कारक,
मन वस्तु दृष्टि से विरहित
भावात्मक, आत्म प्रतारक!

अन्तर्मन स्तर पर सीमित
बन गया योग-बल चिच्छल,
भव कर्म दृष्टि से वर्जित
रह गया न वह कृति कौशल!

फ्रायड के-से नर-नारी
गत रीति काव्य में मूर्तित
उपमन कुंजों में करते
निज काम ग्रन्थियाँ मुंचित!

वह देह भोग यौवन का
मित व्यक्ति प्रणय के आश्रित,
सामूहिक मानस स्पन्दन
तब था न प्रेम में जागृत!

बाहर से जब परिवर्तन
जीवन को रहा अपेक्षित,
घोंघे-सी अपने में खिंच
जन संज्ञा रही तिरोहित!

युग-युग में महापुरुष बहु
विचरे, अनुपम था वह क्रम,
छाई थी ह्रास तमिस्त्रा
मिट सका न जन भू का तम!

['लोकायतन' से : पृष्ठ १५१-५३]

पैंतालीस

लोकायतन से

अमर शिल्पी तू, कले प्रवीण,
मुक्त शाश्वत का ले आह्लाद,
चेतना की दे गहरी नींव,
पुनः गढ़ नव जन-भू प्रासाद!

शून्य तन्त्री स्वर तार विहीन
गूँजती भर अशब्द झंकार,
बरसता निराकार सौन्दर्य,
सृजन स्वप्नों के पंख पसार!

गिरे, रच शुभ्र भावना सेतु,
लाँघ भू मन समुद्र,—उस पार
उतरती रस-सित चिन्मय ज्योति
मर्त्य तम को जो करती प्यार!

कला के लिए कला का राग
वरद कवि वाणी का व्यभिचार,
लोक-जीवन के भीतर पैठ
स्वर्ग शोभा में उसे सँवार!

श्लील-अश्लील मूल्य दो हाथ,
असुन्दर सुन्दर युग स्थिति पात्र,
द्वन्द्व अतिक्रम कर, रच कल्याणि,
सत्य शिवमय भू शोभा गात्र!

सूक्ष्म रस-सृष्टि तूलि का ध्येय
लोक मंगल-सुख प्रेरित मात्र,—
सन्त ऋषि योगी भी अकृतार्थ,
कला के यदि न नम्र वे छात्र!

लक्ष्य कवि का न मात्र आनन्द,
न रस ही उसकी अन्तिम सिद्धि,
उभय अनुभूति जनित परिणाम
अर्थ गौरव की करते वृद्धि!

काव्य का तत्व अनिर्वचनीय
हृदय-प्रज्ञा से सम्भव भोग,
व्यक्त करता अन्तः सौन्दर्य
भावना तन्मय कवि का योग!

कल्पने, शब्दों को दे पंख,
बदलता युग पट, दृश्य महान,
उड़ रहे पक्ष, मास, ऋतु, वर्ष,
उड़ रहीं शतियाँ, दिशि लयमान!

बदलता रभस वेग से विश्व
मनुज के तन-मन जीवन-प्राण,
महत् युग चित्रपटी में वेग,
चेतना का अजेय आख्यान!

न माने मन यदि सत्य-प्रकाश,
स्वल्प मति समझें कला-विलास
वरण कर नव विकास के तत्व
हरें सहृदय जन भू तम त्रास!

जीर्ण जीवन के वस्त्र उतार
प्राज्ञ नर खोलें अन्तर-द्वार,—
प्राज्ञ मन (यह भू संस्कृति पीठ!)
देह से निखर करें अभिसार!

['लोकायतन' से : पृष्ठ २५३-५४]

छियालीस

लोकायतन से

कला क्या? कहता हरि सोन्मेष,
असंगति में संगति भर नव्य,
असुन्दर में सुन्दर को खोज
रूप गढ़ना जन भू का भव्य!

खण्ड कुण्ठित को लय रस पूर्ण,
गूढ़ अन्तः स्वर को कर श्रव्य,
हटाना क्षण मुख का कटु धूम
आँक उर में स्वर्गिक भवितव्य!

ध्वनित कर गुहा निहित सित सत्य
श्रेय को शोभांचल में बाँध,
धरा प्राणों का उन्मद छन्द
लोकहित स्वर मंगल में साध,

अचेतन तम का मुख मद चूम
कला को करना रस-संस्कार
नरक को जगा स्वर्ग में—ऊर्ध्व
शिखर में भर समदिक् विस्तार!

थाह भावों के अविगत स्वर्ग
उन्हें जन-मन में गहन उतार,
उच्च सुषमा, पावनता, शान्ति
प्रीति से भू संघर्ष सँवार,—

सत्य से आँक महत्तर सत्य
कला को रचना नव संसार,
अमर शोभा के कर से खोल
लोक जीवन मंगल के द्वार!

आज की कला, किसे सन्देह?
ह्रास युग की निर्जीव प्रतीक,
न स्वर में संगति, सौष्ठव, सार,
मात्र अपरूप, अमूर्त, अलीक!

गलस्तन, गगन कुसुम, शश शृंग,
न जन भू जीवन हित उपयोग,
भाव रस की न रूप से पुष्टि
रेख रँग रुचि का रिक्त प्रयोग!

न वह सौन्दर्य न जिसमें सत्य,
ज्योति-छाया का माया-जाल,
न वह सत्य ही न जो शिव रूप
बाल की भले निकाले खाल!

अचेतन उपचेतन के चित्र
मात्र अति वैयक्तिक उच्छ्‌वास,
रेंगती कला पंक कृमि तुल्य—
अधोमुख कुत्सित बुद्धि विलास!

हाय, समदिक् जीवन की भ्रान्ति,—
उर्ध्वमुख दृष्टि न उसके पास,
न उर अन्तर्जीवन से युक्त,
न मन में निष्ठा, सित विश्वास!

अनास्था के दंशन से दग्ध,—
निराशा, संशय, भय, अवसाद

किये भूमा से उसे वियुक्त—
स्नायु-पंजर नर-नर अपवाद!

कला को अन्तः संगति खोज
जगत जीवन का गढ़ना रूप,
तरंगित हो चित् शोभा सिन्धु
किये बन्दी जिसको तम-कूप!

सृजन-सुख-क्षण अनन्त मुख चूम
महत् आनन्द करें अवतीर्ण,
शुभ्र शाश्वत से हो रस वृष्टि
नित्य-यौवन पाये भू जीर्ण।

[‘लोकायतन’ से : पृष्ठ २७८-७९]

सैंतालीस

प्रेरणा

कौन अनछुआ तार बज उठा
अनजाने इस बार,
फूट पड़ी झंकार,
हृदय में स्वर्ण शुभ्र झंकार!
भाव शिरा यह सूक्ष्म अगोचर,
या चेतना किरण-क्षण निःस्वर
तन्मय होता अन्तरंग
तिर शोभा पारावार!
खुलते क्षितिज
क्षितिज पर भास्वर,
पार शिखर स्वर,
पार दिगन्तर,
आत्मा के हीरक प्रकाश से
होता साक्षात्कार!
देह प्राण मन के जड़ बन्धन
स्वतः खुल गए सुन माणिक-स्वन,
जगत् नहीं, मैं नहीं,
प्रेम-लय में
ईश्वर साकार!

['किरण वीणा' से : १९६७ ई०]

अड़तालीस

वंशी

छिद्र भरा नर वंश मिला
मुझको धरती पर,
फूँक दिए मैंने इसमें
नव आत्मा के स्वर!
मेरु वंश की मुरली,
सप्त कमल दल सरगम
अगणित रागों का नित
जिनसे होता उद्‌गम!
जन-भू के छिद्रों को भरने
आता युग कवि,
नए स्वरों में रँग जाता
मानवता की छबि!

रीता बाँस मिला मुझको—
प्रभु प्रति कर अर्पित,
प्रीति श्वास से भर उसको
जन-भू मंगल हित—
मुक्त किया मैंने उर-राग
युगों से कुण्ठित,
पूर्ण-प्राण पा रसावेश
चिद् वंशी मुखरित!

जो लगते थे छिद्र—राग स्वर
थे वे श्रुति-घर,
जिन्हें सँजो, साकार हो उठा
जीवन - ईश्वर!
सीमित दृष्टि न देख सकी थी
प्रभु का प्रिय मुख,
मानव ईश्वर खड़े परस्पर
लो, अब सम्मुख!

एक सत्य बहता उर में
रस वंशी स्वर में,
श्रुतियों के पथ से प्रेरित
जन-जन अन्तर में!
हरित प्राण-वंशी में
आत्मा की हीरक-लय
नए बोध में करे
मनुज-उर को रस-तन्मय!

['किरण-वीणा' से : १९६७ ई०]

उनचास

लक्ष्य

मैं न अब रस गीत लिखता,
प्यार करता हूँ!
मौन सर्जन प्रक्रिया
चलती हृदय में—
ताप उसको कहूँ गोपन,
गूढ़ हर्ष कहूँ?...
मैं न अब खग गीत गाता,
प्यार,
तुमको प्यार करता हूँ!
सूक्ष्म चित् सौन्दर्य
उर में उदय होता—
प्रेम के आलोक में
खोया हुआ मुख,
कनक वर्णी...
फालसई परिवेश मण्डित—
इन्द्रधनुओं के
अछूते रंग कोमल
बिखर बहु छाया-स्तरों में
भाव-गन्धी
मोहते
मन के दृगों को!
ऊब बाहर के जगत् से
हृदय को

विश्राम मिलता
डूब भीतर!
जहाँ केवल प्यार
निःस्पृह प्यार
ले जाता तुम्हारे
निकट मुझको—
वही पथ है
लक्ष्य भी,
तुम भी वही
मैं भी वही हूँ—
हाँ, तुम्हीं
इस सत्य को
सम्भव बनाती!
मैं न शब्दों को पिरोता,
प्यार,
केवल प्यार करता हूँ!

['किरण-वीणा' से : १९६७ ई०]

पचास

तुम मेरी हो,
हाँ, सचमुच मेरी हो!
विस्मित मत हो;
सखी रूप में
तुम समग्र मेरी हो!
मुझे अधूरा कम ही भाता,
हृदय पूर्णता के प्रति जाता!
तुम्हें प्यार करता मैं मन से,
हृदय-सखी तुम, बड़ी बहन से!
देह प्रीति से
यह रति ऊपर,
धीरे ही आस्था होगी
तुमको चिद्गति पर!
निज मन में मेरे सँग रह कर
शुभ्र भाव लहरों में बह कर
संशय रहित करो निज अन्तर!
स्वर्ग ज्योति का सित वातायन,—
खोल रुद्ध भू-मन में नूतन,
भू विषाद मैं हर जाऊँगा,
नयी चेतना बरसाऊँगा!
युग संघर्षण के
जन उर व्रण भर जाऊँगा!
आधा धूम तुम्हारे मन का
मिट जाएगा—रज-भय तन का!

शत प्रतिशत भय संशय
तब होगा निर्वासित
जब सामाजिक स्तर पर
प्रेमा होगी स्थापित!
भू-विकास की सम्प्रति जो स्थिति
मन से केवल सख्य प्रीति को
मिलनी स्वीकृति!

जीवन स्तर पर पीछे होगा
बोध प्रतिष्ठित
जब भू मानव
होगा संस्कृत!
शक्ति पात से
मनः शिराएँ होंगी झंकृत,

हृदय
नयी स्वर्गिक शोभा-गरिमा से स्पन्दित!
निष्क्रिय शुष्क विराग मिटेगा
जीवन मन का,
सृजन-हर्ष से प्रेरित होगा
उर जन-जन का!
सूक्ष्म तडित् से जाग्रत होगा
निद्रित अन्तर,
सक्रिय होंगे भू-जीवन के
बहिरन्तर स्तर!
रह पाएगी नहीं
मनुज के प्रति विरक्ति तब
धरा प्रीति में परिणत होगी
मूर्त भक्ति जब!

रहे देह में क्यों मन सीमित?
खुलें भावना के दिगन्त—
आत्मिक ऐश्वर्यों से
आलोकित!

भू जीवन चेतना अनन्त,—
न पिंजरबद्ध रहे भू मन
पति सुत परिजन से ग्रसित
देह भय पीड़ित!

प्रीति ग्रथित हों भू नारी नर
काम तमस के कूप से उबर!
विश्व विकास स्वयं क्या होता?
बीज आप्त नर उसके बोता!
जो विकास ध्वज-वाहक होता

वह भू जीवन साधक होता!
ईश्वर मुख से होता परिचित,
सित चैतन्य स्पर्श से दीपित!
प्रभु से ही पा वह सित इंगित
गुह्य बोझ में मन्थर-गति नित—
नयी दिशा देता जीवन को,
संयोजित कर
विघटित मन को!

कवि होता सम्राट् न
वह सेना अधिनायक,
होता सित चित् रस चातक,
जन भू उन्नायक!

नहीं बदलता वह जीवन को,
मात्र दृष्टि भर देता जन को!

दृष्टि?—चेतना जो नव,
चुपके पैठ हृदय में
विकसित होती शनैः
नये युग अरुणोदय में!

भाव पल्लवित-पुष्पित हो कर
उर में स्वर्णिम चित् सौरभ भर
श्री शोभा मांसल करती वह
गत जीवन-वन पतझर!
इसीलिए,
चाहता प्रीति की शुभ्र पीठ बन
हृदय ज्योति का करो
देह-रज पर आवाहन!

['पौ फटने से पहले' से : १९६७ ई०]

इक्यावन

तुम्हें सुनहली धूप कहूँ?—
सित स्पर्श मनोहर!
चम्पक तन,
कांचन विनम्र
सौरभ का अन्तर!
सखि, अरूप चेतना
भावना
देती हो सुख,
स्वयं चन्द्र ही
सौम्य बन गया हो
जिसका मुख—
गौर चाँदनी
ढल कोमल अंगों में
मूर्तित
सूक्ष्म भाव को
इन्द्रिय सुलभ
बनाती हो नित—
तब किसको भाएगा
प्राण, अरूप, अगोचर!
किसका स्पर्श
करेगा तन्मय
रोम-हर्ष भर!
कहीं रेशमी ज्योत्स्ना
तन की बनती वेष्टन?
स्पर्श तुम्हारा

तन-मन को
करता रस-चेतन!
क्या न अरूप
प्रसार
तुम्हारे मधुर रूप का?
व्याप्त धरा में जो जल
वही न वारि कूप का?
भाव वत्सले,
स्वप्न मांसले,
मैं हूँ विस्मित—
तुम्हें देख कर भी
क्या देख रहा मैं
निश्चित?

छूने पर भी
छू पाता हूँ—
नहीं मानता,
तुम अरूप हो
स्मिते, रूप—
मन नहीं जानता!
प्रभे, अरूप
रूप से पर—
रस सम्मोहन में
मुग्ध हृदय
तुमको पाता
तन्मय अर्पण में!

['पौ फटने से पहले' से : १९६७ ई०]

बावन

चन्द्रकला

चन्द्रकला को उदित देख
नीलाभ गगन में,
जाने कैसा होने लगता,
मेरे मन में!
मुझे चाँद से अधिक
चाँद की कला सुहाती
उस शोभा-अंकुर में
विधि की कला समाती!

वह न भृकुटि, नख, असि ही,—
मन की नाव मनोहर,
प्राणों के मोहित सागर तिर
मुझे अनश्वर
शोभा के जग में पहुँचाती,—
जहाँ निरन्तर
खुलते दृग सम्मुख
अनिन्द्य आनन्द दिगन्तर!

ओ रहस्य-अंगुलि,
इंगित पा मौन तुम्हारा,
मुझे बुलाता-सा
अकूल का नील किनारा!
परा-चेतना लेखा-सी,
नभ उर में अंकित
तुम्हें अमृतमयि, करता
तन-मन सहज समर्पित!

सृष्टि कला तुम,
स्वप्न तूलि से करती चित्रित
इन्द्र धनुष स्मित
सप्त लोक-श्रेणी सम्मोहित!
झर-झर पड़ते
तारा-पद-चिह्नों-से अगणित
सूक्ष्म भाव-सम्वेदन
रस-बोधों में बिम्बित!
खिंची शुभ्र अनुराग रेख
अम्बर में भास्वर,

तुम अनन्य शोभा से
उपकृत करती अन्तर!
प्रीति पात्र-सी छलक
हृदय भर देती निःस्वर,
ओ अनन्त स्मिति, तुम पर
तन-मन प्राण निछावर!

['पतझर : एक भाव क्रान्ति' से : १९६८ ई०]

तिरपन

नील कुसुम

नील फूल हरता मेरा मन!
वह क्या नयनों का प्रतीक?—
स्मित दृष्टि गगन में जिसके
दृग खो जाते तत्क्षण
निर्निमेष बन?
या वह नील प्रदीप?
नींद की
प्रिय परियों को लाता जो[1]
स्वप्नों से उन्मन?
जो कुछ भी हो,
नील फूल
हरता मेरा मन!
ना, वह चितवन नहीं,
नील आलोक भी नहीं,—
वह असीम का आकर्षण
अनन्त आमन्त्रण,

पलक ठगे-से रहते,
पाकर एक झलक भर—
क्षण में सुधि-बुधि खो
तन्मय हो उठता अन्तर!...
जगत् नहीं, मैं नहीं,
फूल भर रहता निःस्वर!—
निखिल चेतना को संवृत कर!

---

१. पहले संस्करण में 'नींद का वातावरण बनाता जो' मिलता है।

ना, वह फूल नहीं,
वह फूल नहीं,—
तुम आतीं मूर्त रूप धर
सिमट फूल में—
उसे निमित्त बना कर!

मुझे ज्ञात, माँ,
मात्र तुम्हीं हो,—
कुछ भी रहता नहीं
देह मन बुद्धि अहं जब
जग भी नहीं,—
तुम्हीं तब रहती हो,
चिद् भास्वर,
उदय हृदय में,
निर्भर!

प्रिये,
तुम्हीं सम्पूर्ण बोध में
रहो निरन्तर,—
रूप अगोचर
नील कुसुम बन सुन्दर
तन-मन ले हर!

['पतझर : एक भाव क्रान्ति' से : १९६८ ई०]

चौवन

आत्म-प्रतारणा

मैंने सुना घनों को भरते
तड़ित् - दम्भ दिग् - गर्जन,
देखा, फेन-श्वसित सहस्त्र फन
सागर का उद्वेलन!

देखे, ऊर्ध्व भयावह
आरोहों के दुर्गम भूधर,
गहरी दरियों में सोया
घन अन्धकार दृग-दुस्तर!

अति निर्दय वैधव्य
चीरता नव मुग्धा उर कातर,
सुत-विछोह में शोक-पीत
जननी को मूर्च्छित निःस्वर!

क्रोध-अन्ध नर कैसे लेता,
निज प्रतिशोध भयंकर,
आत्म-ग्लानि की खर तुषाग्नि में
कैसे जलता अन्तर!

देखा मैंने देश-प्रेमियों का
उत्सर्ग अलौकिक

रक्त कणों की माणिक ज्वाला
करती दीप्त चतुर्दिक्!

देखे मैंने पागल प्रेमी
करते प्राण निछावर,
दग्ध-हृदय, उद्भ्रान्त चित्त,
आँखों में सावन की झर!

भूखों के नंगे कंकाल
विचरते निर्मम जग में—
अनाचार अन्याय दिखा
भू-जीवन में पग-पग में!

इन सब में सौन्दर्य मुझे
मिल सका कहीं कुछ गोपन,—
यदि कुरूप कुछ लगा—
सभ्य मानव का आत्म-प्रतारण!

गुह्य आवरण डाले मन में
आत्म-तृप्त फिरता नर,
प्रकृत मृत्यु सुन्दर—
पर जीवित आत्म-मृत्यु दारुणतर!

['पतझर : एक भाव क्रान्ति' से : १९६८ ई०]

पचपन

सूँघो, धरती का मुख सूँघो,
इसकी प्रिय सुगन्ध ही ईश्वर,
चक्खो, जग जीवन को चक्खो,
इसका मधु ईश्वर ही का वर!

देखो, विशद विश्व का आँगन,
ईश्वर इसकी शोभा सुन्दर,
श्रवण करो जन का कोलाहल,
मुखरित जिसमें ईश्वर के स्वर!

शैल अस्थियाँ पृथु पृथ्वी की,
सरिता रक्त शिराएँ स्पन्दित,
वायु श्वास, सागर गभीर उर,
ईश्वर की रज तन में मूर्तित!

मूर्च्छित पड़ी इन्द्रियाँ कब से,
करो देवता उनके जागृत,
पशुता का संस्कार करो नव
सामाजिक सम्बन्धों में सित!

जीवन ईश्वर ही परमेश्वर,
अतल गुहा से निकलो मन की,
आत्मा के शिखरों से उतरो,
निरखो शोभा शाश्वत क्षण की!

['आस्था' से : १९७२ ई०]

छप्पन

इसी जगत् में
सूक्ष्म जगत् जो छिपा हुआ है,
ध्यान मौन उर में
हो उठता कभी अवतरित!—
अगणित मधु ऋतुओं की
श्री सुषमा सौरभ ले,
औ' असंख्य तारुण्यों का
विस्मय प्रहर्ष ले—
प्रेरित करता मन को
इस अवसन्न जगत् में
एक नया जग निर्मित करने को
प्रसन्न दिक्!
जहाँ वस्तुओं का
जड़ द्रव्यों का आकर्षण
डूब जाय भावना ज्वार में
मनुज हृदय के—
रूढ़ि, रीतियाँ, जाति-पाँतियाँ,
वर्ग-श्रेणियाँ
नयी लोक समता,
मानवता के मूल्यों में
विकसित वर्धित होकर
स्वतः लीन हो जायें!
मानव मन की दरिद्रता
आहत कर मुझको

घोर निराशा अन्धकार में
भटकाती जब,
नव आस्था का स्पर्श
अँधेरे को प्रकाश में
परिणत कर, मानव भावी का
नव प्रभात बन
उदय हृदय में होता
सूक्ष्म जगत् बन मन में!

['आस्था' से : १९७२ ई०]

सत्तावन

शुष्क सभ्यता की रेती में
हृदय स्त्रोत खो गया,
बुद्धि भ्रान्त मानव
निर्मम पाषाण हो गया!
प्रलयंकर शस्त्रों से सज्जित
शिखर-देश अब,
मृत्यु विचरती धरा गगन में
अह, अशेष अब!!
भारत से सीखो
जीवन की कला धरा-जन,
अन्त:स्थित व्यक्तित्व
गहन सागर संघर्षण!
साधारण हो वेश
असाधारण हो जीवन;
उन्नत बुद्धि विवेक,
नम्र श्रद्धार्पित हो मन!
बहिर्विभव से कहीं महत्
अन्तर का वैभव,—
स्वार्थ सिद्धि से कहीं श्रेष्ठ
भव जीवन अनुभव!
वस्तु भोग के पीछे भू-नर
मत हो पागल,
भव विकास का क्षेत्र,
भविष्यत् भू का उज्ज्वल।

['संक्रांति' से : १९७७ ई०]

अट्ठावन

रुको, रुको, जनता आती है!
यह युग-युग की परम्परा की
भारत की अक्षय थाती है!

प्रथम बार हो जाग्रत निर्भय,
लिया प्रबुद्ध जनों ने निर्णय,
वे स्वतन्त्र अनुभव करते, लो,
फूली अब चौड़ी छाती है!
नव वसन्त छाया जीवन में,
रक्त ज्वार आया यौवन में,
उर के अन्तरिक्ष में पुलकित
स्नेह प्राण कोयल गाती है!

भू-गौरव से उन्नत मस्तक,
युग स्वप्नों से आँखें अपलक,
धीर, आत्म संगठित, भाग्य की
लक्ष्मी उन पर मुसकाती है!

एक दिशा को बढ़ते सब पग,
अब कृतार्थ उनसे जीवन मग,
कूट राजनीतिक दम्भिकता
उनके सम्मुख भय खाती है!

वे विनम्र, कर्मठ, श्रम साधक,
सत्य न्याय सद्‌गुण आराधक,

जय, जन जागृति भारत भू में
नयी चेतना अब लाती है!
अन्तरिक्ष लज्जित-सा मन में
नव आकर्षण भू जीवन में
पराजयों पर विजयी हो कर
मुक्ति ध्वजा उठ फहराती है।

['संक्रान्ति' से : १९७७ ई०]

उनसठ

मैं हूँ केवल
एक तृण-किरण,
जिसको मानव के पग धर
चलना धरती पर!

मेरे नीचे
पड़ा अडिग पर्वताकार शव—
पथराया केंचुल अतीत का!. . . .
मुझको क्या उसमें नव जीवन डाल
जगाना है जड़ शव को?

नहीं,—मुझे उर्वर भू रज से
नया मनुज गढ़ना अब,—
उसमें फूँक
स्वर्ग की साँस
अगोचर!

मृत को पुनः जिलाना
घातक होगा दारुण,—
नया मनुज
किरणों के कर से

खोले नया हृदय-वातायन! —
मैं हूँ केवल एक तृण-किरण!

साठ

ओ रँभाती नदियो,
बेसुध
    कहाँ भागी जाती हो?
वंशी रव
    तुम्हारे ही भीतर है!
ओ फेन गुच्छ
लहरों की पूँछ उठाये
दौड़ती नदियो,
            इस पार उस पार भी देखो,—
            जहाँ फूलों के कूल,
            सुनहले धान के खेत हैं!
                कल - कल छल - छल
                    अपनी ही विरह व्यथा
                    प्रीति कथा कहते
                    मत चली जाओ!
सागर ही तुम्हारा सत्य नहीं!
    वह तो गतिमय स्त्रोत की तरह
        गति हीन स्थिति भर है!
तुम्हारा सत्य तुम्हारे भीतर है!—
                राशि का ही अनन्त
                    अनन्त नहीं,—
                गुण का अनन्त
                    बूँद-बूँद में है!
ओ दूध धार टपकाती
    शुभ्र प्रेरणा धेनुओ,
तुम जिस वत्स के लिए

व्याकुल हो
वह मैं ही हूँ!
मुझे अपना धारोष्ण प्रकाश
अनामय अमृत पिलाओ!
अपनी शक्ति
अपना जव दो!
मुझे उस पार खड़ी
मानवता के लिए
सत्य का वोहित्थ
खेना है!
ओ तट सीमा में बहनेवाली
सीमा हीन स्त्रोतस्विनियो,
मैं जल से ही
स्थल पर आया हूँ!

इकसठ

दिन-रात
मेरा ही यज्ञ,
चल रहा है!
बोध की अग्नि में
लोक कर्म
जल गया है!
अपने बिना
तुम्हें देख ही नहीं पाता,—
ओ युगों के सपने,
मेरे अपने!
पलकें गिराता हूँ
सौ-सौ युग
जगते-सोते हैं!
चितवन फेरता हूँ
आत्म ज्ञान के
शून्य से टकरा
दृष्टि लौट आती है!
दूसरा कोई मिलता ही नहीं!
ओ ज्योतिरिंगणो,
तुम्हारा सूर्य का भेद
कल्पित, बाहरी भेद है,—
मैं तुमसे छोटा,
सूर्य से बड़ा हूँ!
कहो,
दिशाएँ

उषा के सुनहले पावक में
लिपटी रहें—
दिवस का
रुपहला बालक
जन्म ही न ले!—

कहो,
शुभ्र कुँई-से उरोज खोल
चाँद के कटोरे में
सुधा पीती रहे,—

रात
काले कुन्तलों में
देह लपेटे
गुहा गर्भ में
सोती रहे!

दिन-रात
मेरी भ्रू भंगिमाएँ नहीं
तो क्या हैं?

बासठ

ओ रहस्य,
तुम बनो नये मन,
बनो नये जन!
जीर्ण शब्द—अर्थों के जड़ शव
भावों में वह रहा न वैभव,
तुम रहस्य,
इससे चिर अभिनव,—
तुमसे
सृजन स्पर्श सुख सम्भव!
जग के भीतर से छन नव जग
मनोमुकुर में रहा स्वयं जग,—
ओ रस शिल्पी,
गढ़ो नया मग
बढ़ें सूक्ष्म की ओर
मनुज पग!. . .
मूल्य न भाते,
तथ्य सताते,—
स्वप्नों -से क्षण
आते-जाते
किसे सुहाते?
काँटे खिल बन रहे फूल अब
पिघल रहे निर्मम जड़ पत्थर,—
नियम कहाँ रह गये?

बदलता
निखर धुएँ से
बोध-दिगन्तर!
मुकुल नहीं ये
शिशुओं के मुख,
मारुत नहीं,—रेशमी अंचल,
सौरभ कहाँ?
प्रिया की साँसें
पी-पी मन हो उठता चंचल!
क्या है नहीं यहाँ रहस्यमय?
मन के अभ्यासों से उठकर
देख सृष्टि मुख
होता विस्मय!
गुह्य बना अब जो साधारण
वह सब जग का बासी जीवन,—
नया बनाओ साधारण को
ओ रहस्यमय,
करो नव सृजन,
रचो नया मन,
गढ़ो नये जन!

तिरसठ

खोलो नव परिचय वातायन!
क्षण की अतिथि,
उठाओ मन से
भेद भाव भय का अवगुण्ठन!

मनुज एक ही—इसमें संशय!
फिर उससे मिलने में क्या भय?
ज्ञात, छिपा क्या मनुज हृदय में,
क्या कहता गोपन उर-स्पन्दन!

शोभा कृति उसका तन सुन्दर,
मुझसे दुरा न मानव अन्तर,
विदित, कौन भावना कल्पना
उसके उर का करती मन्थन!

आओ, और निकट आ जाओ,
मुझको मन की बात बताओ,—
विश्व परिस्थितियों के शिशु हम,
वही एक सुख-दुख संवेदन!

लो, मन में सद्भाव जगा कर
हम दोनों आ गये निकटतर,
सहज बोलती हँसती अब तुम—
रहा न लज्जा भय का कारण!

मनुज मिलन के सुख से बढ़कर
और नहीं सुख जग में ईश्वर!
गहन धैर्य, दायित्व बोध से
सम्भव मिलन-मुक्ति संरक्षण!

रक्त मांस हों एक परस्पर,
एक प्राण मन के भी हों स्तर,—

किन्तु, एकता के सँग ही
वैविध्य प्रकृति का सत्य चिरन्तन!

व्यक्तीकरण भले आवश्यक,
मनुज वैश्व जीवन का साधक,
हिले मिलें, खुल खेलें हम सब
हो कृतार्थ जन-भू का प्रांगण!

व्यक्ति प्राण मन भी हों विकसित
सामाजिक जीवन भी विस्तृत,
व्यक्ति समाज, बाह्य अन्तर का
हो जग में व्यापक संयोजन!
आओ, खोलें नव वातायन!

■